UN DRAME.

1.

PARIS. — IMPRIMERIE D'AD. MOESSARD,
RUE DE FURSTEMBERG, N° 8 BIS.

UN DRAME,

AU PALAIS DES TUILERIES,

1800 — 1832.

PAR THALARIS DUFOURQUET.

TOME PREMIER.

PARIS.

AU DÉPOT DE L'ATLAS GÉOGRAPHIQUE,
RUE DE VALOIS-PALAIS-ROYAL, N° 10;

A LA LIBRAIRIE CENTRALE, cour des Fontaines, n° 1. | LEROUGE-WOLFF, LIBRAIRE, rue de l'Odéon, n° 23.

1833.

UN DRAME,

AU PALAIS DES TUILERIES,

1800 — 1832.

CHAPITRE PREMIER.

Le Rendez-vous.

Des voitures armoriées, des cabriolets, des fiacres mêmes, entraient à la file depuis plus de deux heures dans la cour des Tuileries. De ces disparates équipages descendaient des femmes couvertes de fleurs, de diamans vrais et faux, de perles fines, de perles de verre, de bijoux confectionnés dans les élégans ateliers de Mellerio et de Franchet, ou dans ceux plus modestes de Bourguignon. Tout était éclatant et diversifié ; une seule chose semblait uniforme ; c'était le ruban rouge attaché à presque toutes les boutonnières. Chez beaucoup il était seul, chez d'autres il était escorté de ce bariolage dont commencent à se moquer même ceux qui le portent ; hochet d'enfant qu'on dédaigne lorsqu'on le possède, et dont on a cru pourtant ne pouvoir se passer.

Cachée derrière une porte vitrée, donnant sous l'un des vestibules du château, et entr'ouvrant, d'une main timide, le léger rideau de mousseline, une jeune fille regardait, presque avec enivrement, les belles et riches toilettes des duchesses, des marquises, des femmes de receveurs généraux, de banquiers, enfin toute l'aristocratie de noblesse et d'argent qui se confondaient dans ce *pasticio* royal.

Tous étaient alors reçus chez le Roi-Citoyen : c'était le premier bal des Tuileries en 1830. La jeune fille qui regardait presque avec envie toutes ces belles dames, possédait pourtant des charmes que plus d'une d'elles eussent certainement enviés et échangés contre leurs riches atours. D'abord elle avait dix-huit ans, et c'est une belle et brillante parure que cette fleur de jeunesse qui n'a, il est vrai, que la durée de l'éclair, mais dont le passage riant et rapide ne peut être remplacé par rien.

Mais ce n'était pas seulement l'envie qui fixait Louise derrière la porte vitrée; elle connaissait la livrée de certaine dame, et un peu la dame elle-même : elle l'attendait pour l'envelopper de son regard de femme animé de cette première jalousie, qui d'abord fait pleurer, puis engendre la haine. La noble comtesse parut, et Louise remarqua de suite que son turban était lourd, et tourné sans aucune grâce ; que sa robe couverte de broderies d'or et et de grosses roses rouges, n'avait ni légèreté, ni fraîcheur; qu'enfin rien n'était bien. Et pourtant la comtesse de Saint-Firmin était encore une belle femme, quand elle avait passé quatre heures à sa toilette, livré sa tête patiente aux mains de Narcisse ou de Nardin, et qu'elle s'était serrée jusqu'à étouffer. Elle savait tout cela, la maligne jeune fille, et souriant d'orgueil à sa beauté sans parure, elle quitta la porte, laissa retomber le rideau de mousseline, puis courut couvrir sa jolie tête d'un petit chapeau de velours noir d'où tombait un voile de la même couleur, elle jetta son manteau brun sur ses épaules, et dit à sa vieille gouvernante.

— Écoute, ma bonne Berthe, si mon père me demande, tu diras que je suis allée chez ma couturière ; enfin tu sais....

— Oui, je sais qu'il faut encore mentir, répondit en grommelant la vieille Berthe, et cela ne me plaît guère, Louise, d'autant que je sais aussi....

— Et que sais-tu, interrompit avec impatience la jeune fille ; on dirait, à t'entendre, que je fais bien du mal? Dis-moi, vis-t-on jamais fille de mon âge plus rangée, moins adonnée à ses plaisirs? J'ai été trois ou quatre fois au spectacle depuis que je suis au monde, et jamais, jamais mon pied n'a fait un pas dans une salle de bal. Ma vie n'est pas gaie, Berthe, et tu veux encore l'attrister par tes contrariétés ; si tu m'aimais....

— Si je vous aimais, ingrate, s'écria la bonne vieille en pleurant. Ah! le sein qui vous a nourri ne renfermait pas plus de tendresse que le mien, et certes je ne veux pas vous affliger, vous le savez bien, mais plus je vous aime, plus je tremble ; vos sorties à l'insu de votre père me peinent et m'effraient.

— Eh bien! encore ce soir, dit Louise en pressant de ses lèvres rosées les joues ridées de Berthe, encore ce soir, repéta-t-elle ; mon père fait son piquet avec le vieux marquis de Chavagnac, George veille dans la pièce d'entrée ; tout est bien, je pars.

Et sans attendre le consentement de Berthe, Louise pose son pied furtif sur la première marche qui donnait dans la cour, saute les trois autres, et s'éloigne ; passant légère et timide au milieu des équipages qui traversaient la cour en tous sens, elle se glissa sous l'arc de triomphe, et ne fut hors du danger d'être écrasée, que sous un des guichets du Louvre.

La sentinelle dans sa monotone promenade s'inquiéta peu d'abord de la présence d'une femme ; mais comme c'était un vétéran et qu'il avait l'ordre de trouver des conspirations partout, il écouta avec avidité les murmures qui s'échappaient des lèvres impatientes de la jeune fille.

Huit heures, murmurait-elle, huit heures, et depuis plus d'une demi-heure j'attends! Je vais m'en aller, et tout en le répétant elle restait toujours, car il 'y a une grande indulgence dans le cœur d'une femme qui aime. Sans s'en apercevoir, en allant et venant, embarrassée qu'elle était d'attendre, car si elles aiment, les femmes savent aussi que ce n'est pas leur rôle d'attendre, Louise se trouva plusieurs fois presqu'en face du vieux vétéran qui accomplissait ses deux heures de faction, et qui, en voyant le visage si frais et si jeune de Louise, cessa de croire à une conspiration, mais crut à un rendez-vous, dont sa morale austère s'offensa sans doute, car il lui dit brusquement :

— Éloignez-vous, mademoiselle, on ne donne pas de rendez-vous ici, cela n'est pas décent.

Louise pensa lui répondre que cela ne le regardait pas ; mais effrayée de la rudesse du soldat, et dépitée d'attendre, elle pleura, et s'éloigna doucement, mais non sans regarder si personne n'arrivait sous le guichet. Tout à coup elle s'arrête, elle a reconnu le brillant schako, les plumes flottantes, et plus encore, la touffe de cheveux blonds et la moustache valeureuse du jeune objet de son amour, et quoiqu'il soit enveloppé d'un immense manteau, elle ne s'y méprend point : c'est bien lui. Mais alors, avec une malice orgueilleuse, elle veut à son tour lui faire connaître l'ennui de l'attente, l'inquiétude de l'incertitude, elle revient doucement sur ses pas, et se cachant derrière un pilier, elle entend la voix de son Emmanuel demander au factionnaire s'il n'a pas remarqué une dame.

— Si fait, si fait, mon officier, répondit le soldat, et si j'avais su que c'était vous qu'elle attendait... mais je l'ai renvoyée.

L'officier prononça un juron énergique, et s'élança du côté qui conduisait aux Tuileries. Alors Louise le suivit et l'appela.

— Vous serait-il tout à fait impossible de me faire attendre moins long-temps, prononça-t-elle avec une impatience concentrée ; vous savez que je ne suis point libre ; que je m'expose à la colère de mon père, et n'en tenant pas compte, vous perdez, à je ne sais quoi faire, le temps que je puis vous donner. A présent, adieu.

— Ma chère Louise, ce n'est pas ma faute, répondit tendrement l'officier en cherchant à calmer la jeune fille, une affaire....

— Oui, une affaire, votre toilette. Elle mérite en effet tous vos soins; l'adorateur d'une comtesse ne saurait être trop bien.

Mais prenez garde que le zéphir ne vous vole un de ses charmes en enlevant les roses et les lis de son teint; prenez garde que le mouvement de la danse, car elle danse, je crois, ne dérange ses cheveux postiches et ses grâces d'emprunt.

— Louise, je ne vous reconnais pas; vous, si indulgente ordinairement, comment pouvez-vous débiter tous ces mensonges. Est-ce d'ailleurs pour parler de la comtesse que nous sommes venus ici?

— Oui, monsieur, c'est pour en parler, s'écria Louise; croyez-vous que je ne doive pas vous en vouloir de votre odieuse conduite; vous êtes toujours avec elle à ce théâtre, où toutes les femmes vont montrer leur parure et cacher leur ennui. Je suis sûre que cette femme que vous osez y conduire, n'entend pas un mot d'italien, tandis que moi...

— Ah! vous, Louise, interrompit Emmanuel piqué, je sais que vous êtes pleine de grâces, de talens, il ne vous manque qu'une chose ; l'indulgence et un peu de modestie.

Elle le regarda avec colère, mais sans parler; puis elle frappa avec emportement son joli pied sur les pavés de la cour du Louvre, et quitta avec promptitude celui qu'elle était venue chercher avec tant d'empressement. Premières déceptions du cœur, que vous êtes cruelles, et comme on souffre en se répétant : je ne l'aimerai plus, je ne le reverrai plus ! Mais aussi, si on se fâche facilement dans la jeunesse, comme on est vite apaisé : peu de minutes après cet orage, le bras de la jeune fille s'appuyait sur celui de son amant.

CHAPITRE II.

La Brouille et le Raccommodement.

Assez long-temps ils marchèrent sans parler, pourtant ils sentirent l'un et l'autre qu'ils ne pouvaient se quitter, et leurs bras entrelacés se serraient chaque instant davantage.

— Eh bien! dit enfin Emmanuel avec tendresse, êtes-vous plus juste, Louise, et ne me tourmenterez-vous plus d'une jalousie injuste?

— Injuste, dites-vous, reprit la jeune Louise, injuste; osez le dire, la main sur votre cœur, sur cette décoration de juillet dont vous êtes si fier, et avec raison, car vous l'avez achetée de votre sang. Mais je ne la vois point, interrompit-elle en écartant davantage le manteau d'Emmanuel; où donc est-elle? vous n'avez pu l'oublier?

— Non, sans doute, répondit Emmanuel avec embarras; mais on m'a conseillé de ne pas la porter au bal de ce soir; on m'a dit qu'elle n'y ferait pas un bon effet.

— Et c'est vous, Emmanuel, prononça tristement la jeune fille, c'est vous qui êtes changé à ce point. Qu'est devenu le temps où blessé, presque mourant encore, vous pressiez de vos lèvres le ruban que vous étiez si glorieux de porter. Je vous ai vu près de ces tombeaux, continua-t-elle en montrant ceux des victimes qui dorment sous les murs du Louvre, là, je vous ai entendu jurant d'imiter, de venger vos frères morts pour la liberté.... et ce ruban, dédaigné aujourd'hui, vous le posâtes avec respect sur ce modeste tertre... Alors, il est vrai, vous n'étiez pas officier dans le régiment de l'héritier du trône, alors vous dédaigniez l'argent, alors surtout vous n'étiez pas l'amant d'une comtesse.

Elle laissa tomber, abattue, sa jolie tête sur sa poitrine, et pleura ; car c'est ainsi que finit la colère des femmes.

— Je vous le répète, vous êtes injuste, bien injuste, Louise ; je n'ai rien oublié, et je vous aime trop pour que vous ayez une rivale. Je ne vous nierai point que ma vanité est peut-être flattée de me voir bien reçu, bien accueilli dans de brillans salons. La comtesse de Saint-Firmin est la mère d'un de mes camarades ; il m'a présenté chez elle, elle m'accueille avec bonté ; j'y suis sensible, mais jamais je n'ai pu vous oublier un instant ; jamais la pensée de vous être infidèle n'a eue une minute accès dans mon cœur.

Et il mentait alors ; mais il mentait pour rassurer un cœur d'enfant qui ne demandait pas mieux ; pourtant elle reprit :

— Si vous m'aimiez, Emmanuel, iriez-vous à tous ces bals, vous montreriez-vous partout avec cette grande dame? Quand même vous pourriez convaincre mon caractère naïf et facile à persuader, vous ne parviendriez pas à convaincre les autres qu'une coquette traîne à son char un jeune et bel officier, sans essayer le pouvoir de ses charmes, et sans vouloir l'emporter sur un enfant obscur, car elle sait que vous m'aimez, que nous devons nous marier. Du moins vous m'avez dit qu'elle le savait, Emmanuel?

Il détourna la tête, et répondit avec embarras; mais cet embarras cessa quand il parla d'amour, quand il peignit à Louise toute l'ardeur de sa passion; car malgré ses tromperies il l'aimait. Hélas! il y a trop souvent dans le cœur le plus sincère de ces divagations, de ces erreurs incompréhensibles; à côté de l'honneur s'établit la perfidie en amour; près de la passion la plus vraie, l'infidélité la plus claire, et souvent le trompeur aime plus que le trompé. C'est un assemblage si bizarre que les misères et les faiblesses du cœur, qu'on s'étonnerait de les découvrir dans les autres, si notre propre conscience ne nous criait que nous sommes souvent coupables des mêmes fautes.

La paix fut conclue par un long et tendre baiser, que reçut d'abord et que rendit ensuite

Louise; alors elle parla d'avenir; car quel bonheur sans y mêler ce mot? On devrait pourtant le rayer de tous les projets; mais il paraît si doux quand on est bien jeune, et les deux amans l'étaient beaucoup.

— Mon père s'attend à ce que vous demandiez ma main, mon cher Emmanuel, répétait Louise avec confiance, il sait combien nous nous aimons, et surtout combien je vous aime, car il a vu mes larmes quand vous faillîtes mourir.

— Et il ignore pourtant encore que c'est vous qui m'avez recueilli et soigné, s'écria Emmanuel; car je crois que vous ne le lui avez pas dit, Louise, il m'a reçu avec bonté; mais je ne vous le cache pas, quoique sa position....

— Oui, interrompit Louise avec un peu d'amertume, quoiqu'il soit concierge du roi chez qui vous êtes reçu, vous vous étonnez de l'air de grandeur de mon père, et cette impression, vous n'êtes pas le seul à la ressentir. Dans son modeste salon vous avez vu des noms recommandables, par le rang et les talens de ceux qui les portent, venir rechercher la conversation et les conseils de mon père. Ces traits si nobles, ces cheveux si blancs, surtout ce regard fier et mélancolique à la fois, inspirent du respect et presque de la crainte.

L'avez-vous remarqué, Emmanuel, quand il se lève avec effort, car son grand âge et sa mauvaise santé le rendent sédentaire; mais une fois debout, on croirait voir la grande et vénérable ruine d'un beau monument religieux. Mon père est grave sans sévérité, bon sans faiblesse; enfin je ne sais quel rang il n'eût pas honoré.

—Vous avez bien raison, Louise, et votre amour filial ne vous trompe pas. En effet, votre père est un être à part, et la vénération qu'il m'inspire est mêlée d'un peu de crainte. Je voudrais être autre chose qu'un sous-lieutenant pour demander votre main. Il a, dit-on, de la fortune et pourrait croire....

—Loin de lui une telle pensée, s'écria la jeune fille; mon père ne soupçonna jamais une bassesse dans les autres. Vous m'aimez depuis deux ans; alors vous n'étiez qu'étudiant en droit et sans fortune. Depuis vous vous êtes avancé, vous avez pris rang parmi les braves, et s'il le faut, je lui dirai que le jour où vous avez été blessé sur les mêmes marches de l'escalier que vous allez franchir si gaîment ce soir, je sentis alors combien vous m'étiez cher, je sentis que si je ne vous avais point soigné, si je n'avais étanché votre sang, et pansé votre blessure, j'eusse été malheureuse jusqu'à en mourir. Je lui dirai tout cela, Emmanuel.

C'est dans vingt jours, le premier de l'an. Ce jour là, je parlerai à mon père ; mais en attendant, venez plus souvent, et faites surtout que votre nom ne se mêle plus à celui de cette comtesse. Savez-vous, mon ami, que beaucoup de ces grands seigneurs ne dédaignent ni le vieux concierge, ni sa fille ; que chez lui on parle de tout, même de la fatuité des jeunes officiers, et de l'imprudence des femmes qui s'affichent pour eux. Savez-vous, Emmanuel, que le coin du feu de mon père entend souvent de graves discussions politiques ou de mordantes satires contre votre grand monde.

Là, ajouta en riant Louise, ce font des cancans de bon ton que nous blâmons si bien chez les portiers ordinaires : là, on juge, on approuve, on raconte ; et vos grands secrets d'État, nous les savons souvent sans qu'il y manque la réflexion du danger qu'ils renferment.

Emmanuel sourit, et ne put s'empêcher de presser de ses lèvres la jolie main de Louise qui, comme celle d'une sybille, s'élevait pour montrer ce palais des rois où elle était née, dont elle connaissait l'histoire et tous les détours. Dans ce moment, il était brillamment éclairé, et une profonde mélancolie passa sur le front de la jeune fille, et n'échappa point à Emmanuel.

— Hélas, dit-elle, en montrant ses croisées illuminées, je pensais à cette fière duchesse qu'on dit si méchante, si vindicative, et qui pourtant sortait si souvent presque seule, pour aller secourir les pauvres; peut-être leur souriait-elle rarement; mais ce n'est point avec le sourire des grands que vivent les malheureux, c'est avec leurs aumônes. Et cette autre princesse si jeune quand elle vint en France, et qui a aussi tant souffert, dira-t-on qu'elle était méchante; elle qui ne s'occupait que de faire du bien en s'amusant, et ses pauvres petits enfans, ce petit duc si poli, si peu avare de l'argent de sa mère, et sa sœur saluant si gracieusement, remerciant toujours avec un sourire.

— Louise, dit gravement Emmanuel, vous

regrettez la famille d'Holy-Rood, vous êtes royaliste.

— Moi ! exclama-t-elle, je regrette des gens qui étaient bienfaisans, je ne les juge pas, et ne me mêle point de politique. Sans doute ils ont eu tort, puisqu'ils ont mérité que la France les rejetât. D'ailleurs j'aime ce qui est beau et juste et la liberté ; la chute des abus, du despotisme me paraît noble et convenable. Mais je suis née au milieu de ces exilés, et je voudrais qu'ils fussent heureux, mais...

Elle se tut en entendant sonner dix heures, et hâta ses pas vers les Tuileries. Que dira mon père, pensa-t-elle ? Mais elle ne communiqua pas son inquiétude à Emmanuel. Lui aussi marchait avec rapidité. Ils se serrèrent la main avec tendresse et promptitude.

— Demain soir, ici, murmura Louise.

— Il le promit ; mais il oubliait que le lendemain il y avait une brillante représentation aux Bouffes, et qu'on ne lui permettrait sûrement pas d'y manquer.

*

CHAPITRE III.

Le Bon Père.

C'est un grand séducteur que l'amour ; il fait oublier à une jeune fille modeste l'inconvenance d'un rendez-vous, le danger d'être surprise, et plus que cela la crainte de déplaire à un père chéri. Mais sitôt qu'on s'est séparé, que le bras ne repose plus sur le cœur de l'objet aimé, qu'on n'entend plus ses paroles qui bouleversent le cœur et la raison, sitôt enfin que le froid de l'absence s'est placé entre deux, on songe à ce qui nous attend au retour.

Telles étaient les reflexions de Louise après s'être séparée d'Emmanuel. Lui il la quittait pour voler à un bal, pour entendre le bourdonnement du monde, une délicieuse musique, tous ces enivremens d'une fête qui exaltent une tête de jeune homme, et qui devaient produire dans cette circonstance de l'effet même sur l'âge mûr; car le bal d'un roi n'est pas un bal ordinaire. Ses politesses semblent à ceux qui ne connaissent rien au jargon des grands des promesses assurées pour l'avenir, et ce n'est presque jamais avec le seul projet de s'amuser qu'on va à un bal de cour.

Emmanuel arrivait aussi pour y retrouver cette comtesse objet de la jalousie de Louise ; cette comtesse que sans doute il n'aimait pas, mais à qui il le laissait croire, car d'elle dépendait sa fortune. Ce n'est point impunément qu'on s'approche des grands ; on commence d'abord par s'en moquer, par préférer sa médiocrité, son indépendance à leur richesse, à leur grandeur ;

mais peu à peu cette belle philosophie perd de sa résignation: de la moquerie on passe à l'envie, on s'imagine qu'ils sont au-dessus de nous puisqu'ils sont riches; les plaisirs, les biens qu'ils se procurent avec de l'or cessent d'être méprisables; on se demande pourquoi on ne tenterait pas la fortune, et de là à tout faire pour se la procurer il n'y a qu'un pas.

Voilà où en était Emmanuel quand il se sépara de sa jeune maîtresse, de sa jeune maîtresse qu'il aimait, mais avec un cœur d'ambitieux, et quel amour profond et sincère peut vivre là!

Les joues brûlantes, les cheveux défrisés par l'humidité de la nuit, le cœur palpipant et plein d'effroi, Louise rentra dans la petite salle où elle avait laissé la vieille Berthe. Celle-ci ne leva pas les yeux de dessus son tricot et laissa sa jeune maîtresse à tout l'embarras de sa position. Elle défit son chapeau et son manteau, passa derrière ses oreilles les longues mèches de ses cheveux défrisés, et puis toussa fortement, elle voulait réveiller la pitié de sa vieille bonne en lui apprenant tacitement qu'elle était souffrante; mais Berthe était trop fâchée, elle ne dit rien.

Un coup de sonnette se fit entendre, et Louise, déterminée à avouer de suite son tort, n'hésita plus et se précipita dans la pièce où était son père. Il était seul; son livre, c'était l'Histoire de France, était posé devant lui sur un grand pupître noir placé à sa portée, mais le livre était fermé, il ne lisait pas. Ses deux jambes, enveloppées de flanelle, étaient étendues sur un tabouret, ses bras reposaient sur ceux d'un grand fauteuil, ses cheveux blancs retombaient, fins et argentés, sur de grands yeux noirs encore pleins de feu; la régularité de ses traits, auxquels le temps n'avait ôté que la fraîcheur et l'élasticité, faisaient du père de Louise un vieillard qui commandait à la fois le respect et l'amour.

— Seul, mon père, s'écria la jeune fille avec embarras; toujours vous avez du monde à cette heure et même plus tard, je croyais....

— Tu as oublié qu'il y avait un bal aujourd'hui, Louise, répondit le vieillard, tous ceux qui pouvaient y aller y ont courus. Le vieux marquis de Chavagnac s'est retiré de bonne heure, il était souffrant; et de mon côté, j'ai dit à George de ne laisser entrer personne; j'étais bien aise d'être seul, Louise, j'ai à causer avec toi.

La fille du concierge sentit que le moment d'une explication était arrivé, et, avec cette adresse de femme qui les rend si charmantes, elle essaya d'apaiser son père par ses petits soins qui calment et détournent la sévérité. Elle replaca doucement les jambes paternelles sur le tabouret ; elle rapprocha la petite table, et prépara avec soin la boisson que son père prenait chaque soir ; elle tenta même de l'égayer par ces petits racontages, que les femmes ont toujours en réserve pour les occasions où elles veulent distraire et amuser ; mais le vieux Verneuil demeura sérieux, et rien ne lui arracha un sourire.

Il sonna, et sans explications, donna à Berthe l'ordre de s'asseoir près de lui.

Il mit à cet ordre une solennité qui acheva de troubler Louise, elle regarda son père avec soumission et sembla lui demander grâce, mais il n'en tint compte, et parla ainsi :

— Quel âge avez-vous, Berthe ?

La pauvre vieille d'abord effrayée, ensuite étourdie, hésita à repondre, puis dans cette vieille tête peut-être y avait-il encore un levain de coquetterie, et elle allait mentir quand son maître reprit.

— Soixante-dix ans, Berthe, soixante-dix ans, je le sais, et c'est à votre âge, avec un vieil attachement que j'ai mérité par mes soins, et, j'ose le dire, par ma bonté, que vous aidez ma fille à me tromper; que vous lui cherchez des excuses pour abandonner son père; que vous l'aidez à se perdre enfin.

Et la voix du vieillard, d'abord sévère, était devenue menaçante et terrible. Ses beaux traits avaient toute la force de l'âge mûr, rien d'un vieillard n'était resté que sa belle chevelure blanche; ses yeux étaient étincelans, on entendait cet organe irrité dominer les sanglots des deux femmes; mais il se calma, et les pleurs seuls continuèrent.

Il s'était soulevé de dessus son siége où il retomba anéanti d'une violence qu'il se reprochait déjà; car les larmes de sa fille brisaient son âme. Enfin, il revint à elle avec une bonté de père qui étouffe un remords dans une caresse, et attirant Louise près de lui, il baisa son front et ses yeux mouillés de larmes.

— Écoute, mon enfant, prononça-t-il avec

bonté, parlons raison comme de bons amis ; et vous, Berthe, ajouta-t-il en lui donnant la main, ma pauvre et imprudente Berthe, pardonnez-moi de vous avoir affligée ; mais qui sait mieux que vous combien je dois trembler pour l'honneur d'une femme ; qui sait mieux que vous ce que j'ai souffert.

Et le vieillard tourna ses yeux découragés vers un portrait de jeune fille placé en face de lui. Louise s'avait bien que c'était celui de sa sœur ; Louise savait aussi qu'elle était morte jeune ; mais dans ce moment elle comprit qu'il y avait autre chose que le malheur d'une mort prématurée, elle le comprit, et ses yeux interrogèrent son père. . . . .

— Mon enfant, je voulais te cacher les fautes et le malheur d'Antonie, lui dit M. de Verneuil, je voulais que ton imagination restât pure et ignorante du premier malheur d'une femme : la séduction et l'ingratitude. Mais ton imprudence me force à parler. Oui, ton imprudence, Louise, car crois-tu donc m'abuser avec ta grâce d'enfant et tes dénégations de femme. J'ai vécu trop long-temps, ma pauvre petite, pour n'avoir pas une triste expérience des passions et des erreurs du cœur ; et quand tu te dérobes à ton père, quand tu te caches pour sortir ; va, je le sais bien, c'est à un rendez-vous d'amour que tu cours.

Peut-être aurais-je dû m'opposer plus tôt à cette imprudence ; mais tu sauras un jour combien il en coûte de faire couler des larmes ; de se montrer sévère avec un enfant qu'on aime. Aussi, Louise, ce ne sera point avec des remontrances banales, avec de froids préceptes que je te dirai qu'une femme doit respecter sa réputation pour être heureuse ; mais en te montrant le danger de la perdre.

Regarde, ma fille, cette figure si fraîche et si gracieuse, cet air de bonheur qui embellit toute cette physionomie. Eh bien ! moins d'une année après que ce portrait n'eût été fini, cette figure était flétrie ; ces yeux si pleins de gaîté étaient baissés sans cesse. Oh ! ma fille, ma Louise, si tu savais combien j'ai dévoré de colère pour ne pas troubler les derniers momens de ta mère, pour qu'elle ne descendît pas dans la tombe avec le désespoir du déshonneur de sa fille. Mais toutes mes prévisions ont été inutiles, toutes les deux ont été blessées l'une par l'autre, toutes les deux sont mortes, et quand tu me restes seule, crois-tu que je ne doive pas frémir.

Louise voulut parler et se justifier.

— Écoute l'histoire de ta sœur, de la pauvre et coupable Antonie; écoute, ma fille, ensuite tu me diras tout ce que tu voudras.

Le vieillard se reposa un instant, comme trop ému pour pouvoir parler sans essayer de commander à sa douleur.

Pendant ce temps les voitures roulaient toujours, et au-dessus de la petite pièce où étaient le concierge et sa fille on entendait une musique éclatante.

Là était Emmanuel, se livrant à tous les plaisirs du bal, oubliant peut-être cette pauvre jeune Louise qui allait entendre une révélation de malheurs causés par l'amour. C'était un contraste bien différent de celui d'une fête que ce petit cercle où deux femmes pâles et tremblantes attendaient une terrible leçon de ce vieillard naguère si menaçant, si sévère, maintenant seulement triste, abattu, cherchant dans son cœur les paroles qui pourraient le mieux peindre le désespoir qu'amène l'imprudence; car il voulait sauver une de ses filles, en lui racontant ce qui avait perdu l'autre, il voulait lui dévoiler ce qui avait tant blessé son âme noble et délicate. Et après un moment de silence, il dit d'une voix sombre.

— Écoute, Louise, l'histoire de la pauvre Antonie. Écoute et tremble de d'attirer un sort pareil au sien.

CHAPITRE IV.

Antonie.

Berthe, prononça le vénérable vieillard, vous avez connu ma douce et bonne Antonie, vous savez si elle était faite pour être le bonheur et l'orgueil de son père ; vous avez vu ce qu'elle a souffert, pourtant vous n'avez pas tout su ; car elle et moi avons seuls dévoré ce triste secret, que je ne révélerais pas aujourd'hui si l'imprudence de Louise ne m'y forcait.

C'était la nuit du 19 au 20 mars, cette nuit qui détruisait tant d'espérances pour les uns, qui en ranimait tant pour les autres. J'étais monté dans la salle des maréchaux, et placé derrière plusieurs personnes, j'attendais le passage de Louis XVIII qui encore une fois partait pour l'exil ; quand il parut je le regardai à travers un nuage de larmes, car il y a de la sympathie dans le cœur d'un vieillard pour le malheur d'un autre vieillard. D'ailleurs cette longue habitude de voir changer tant de destinées sous les antiques murailles des Tuileries, ne m'avait point encore blasé sur de si étranges malheurs ; puis c'était aussi une triste chose que ce départ d'un roi souffrant et infirme, allant porter peut-être sa cendre à l'étranger ; de ce roi n'étant arrivé au trône que pour ajouter une déception de plus à une vie qui n'en était qu'un long tissu ; de ce roi chassé au milieu de la nuit par ce vainqueur sans ancêtres qui revenait là comme dans son domaine patrimonial.

L'empereur Napoléon sera ici demain, disait-

ou tout simplement. Parmi ceux qui partaient avec Louis XVIII il y en avaient de dévoués, de sincères, mais encore plus d'indifférens, qui suivaient parce qu'ils ne pouvaient faire autrement, ou par crainte des reproches qu'aurait à leur faire celui qui revenait.

Le roi monta en voiture et s'éloigna sans bruit par une nuit brumeuse, que suivit pourtant un brillant soleil, un de ces soleils faits pour le vainqueur d'Austerlitz. Je rentrai chez moi abattu, découragé, me demandant ce qui arriverait le lendemain, prévoyant des malheurs, mais ne m'attendant guère à celui qui allait tomber sur moi.

Sous le grand escalier, à la faible lueur d'une lampe mourante, j'aperçus deux personnes que je ne pus ni ne cherchai point à reconnaître, puis j'entendis le bruit de deux voix dont l'une était mâle un peu brusque, tandis que de doux reproches semblèrent sortir d'une poitrine de femme remplie de sanglots. Cependant on se sépara, la femme s'échappa par un petit corridor dérobé, l'autre personne, c'était un homme, passa près de moi; il était enveloppé d'un grand manteau bleu, un plumet blanc surmontait son casque, c'était un garde-du-corps. Je m'approchai de la porte par où il était sorti; je le vis monter à cheval et rejoindre rapidement la voiture du roi.

Sans doute j'étais loin de penser que cette circonstance m'intéressât; pourtant elle me préoccupa, et je rentrai chez moi profondément triste; ma femme s'était retirée, Antonie seule était debout la tête appuyée sur sa main, elle ne pleurait pas, mais était fort pâle; je crus, d'après les sentimens que je lui connaissais, qu'elle regrettait le roi qui venait de fuir, et voulant la consoler par une caresse, je la pris dans mes bras et l'y pressai avec effusion. Dans ce moment le bruit d'un papier placé dans sa robe se fit entendre; elle rougit, recula effrayée de son imprudence; j'avais tout deviné.

C'était, je n'en doutais pas, ma fille que j'avais aperçue quelques minutes auparavant; elle venait d'adresser ses adieux à l'homme qu'elle aimait. Mais n'était-il qu'aimé, n'avait-il pas porté le déshonneur dans mon modeste asile? si cela était, pouvait-il tout réparer, était-ce du malheur ou de la honte dont je devais consoler mon enfant? Je n'osais l'interroger, car elle était là, devant moi, immobile, tremblante, je vis qu'elle allait se trouver mal, je me tus.

Nous nous séparâmes pour la nuit, et le lendemain et les jours suivans elle fut aussi pâle, aussi triste.

Je vis encore une fois le pied victorieux de Napoléon franchir les marches des Tuileries. Les premiers temps, on crut que son bonheur et sa gloire l'avaient accompagné dans ce château témoin muet de tant de déceptions, de tant de joie, de tant de malheurs; où tant de beaux talens s'étaient rencontrés auprès de tant de ridicules vanités, où tant d'illustrations nouvelles étaient venues se presser contre tant d'illustrations anciennes; véritable lanterne magique, où beaucoup de trahisons se mêle à quelques rares dévouemens. Mais l'étoile de Napoléon avait pâli, et il laissa à Waterloo le dernier passe-partout des portes des Tuileries. Il n'y rentra plus depuis cette malheureuse bataille qui coûta tant de sang et de larmes à la France.

Le roi revint de nouveau, escorté de baïonnettes étrangères. Ah! pour un Français au cœur élevé, il y avait quelque chose de bien désolant dans ces canons braqués sur le palais des rois, dans la vue de ces hommes du Nord, au dur langage, au visage farouche, aux manières brutales.

Eh bien! malgré cette triste humiliation, Antonie reprit sa gaîté et sa fraîcheur. Depuis trois mois je l'avais observée, j'avais désiré, provoqué une confiance que je n'avais pas obtenue; mais du moins j'étais certain que jamais elle n'était sortie, qu'elle n'avait fait aucune démarche qui pût la compromettre, et j'attendis pour prendre un parti l'événement qui venait d'arriver. Le retour du roi ramenait les gardes-du-corps, ce fut alors que je m'étais promis de savoir la vérité; je me croyais bien fort quand je remarquais ma fille gaie et souriante; mais quand, au bout de quelques jours, je vis reparaître sa pâleur et sa tristesse, quand elle ne put plus dissimuler la trace de ses larmes; je n'osai plus ni parler, ni me montrer sévère.

Hélas! mon enfant, continua le vieux concierge, en serrant la main de sa fille, je ne sais quel cœur le ciel m'a donné, jamais je ne suis fort que contre l'offense, la douleur de ce que j'aime me rend timide. Ah! combien de fois n'ai-je pas essayé tacitement de consoler ma fille ! combien de fois n'ai-je pas affecté la gaîté devant elle quand j'avais le cœur navré.

Ta mère te nourissait, Louise, et ta vue faisait éprouver à ta sœur des mouvemens de terreur inexplicables, elle qui, il y avait si peu de temps encore, t'aimait tant, elle ne pouvait maintenant te voir sans jeter sur toi des regards de fureur, elle ne t'embrassaît plus, ne te prenait plus dans ses bras. Cette conduite affligeait ta mère qui l'attribuait à la jalousie; elle s'imaginait qu'Antonie redoutait de ne plus être autant aimée. Hélas! sans me l'avouer, je craignais d'y deviner un motif plus funeste; mais j'attendais comme un prédestiné qui sait, sans en connaître l'instant, qu'un affreux événement doit le frapper, et je m'apprêtais avec anxiété à la révélation d'un malheur.

Cependant le front d'Antonie s'éclaircit un peu, et j'appris en causant avec des personnes qui venaient chez moi et qui savaient ce qui se passait dans le monde, que le mariage du comte Walter d'Artemont, lieutenant des gardes avait été brusquement rompu, parce que la famille de sa fiancée avait appris qu'il se faisait un jeu de porter le trouble dans les ménages, de séduire d'obscures mais d'innocentes jeunes filles; on vantait cependant la béauté de cet homme, la supériorité de son esprit.

Dans ce moment, sans intention aucune, je fixai les yeux sur ma fille, et restai frappé de sa pâleur et de son étrange agitation. Retiré auprès de ta mère, pour la première fois elle me parla avec inquiétude de l'étrange humeur d'Antonie. Je cherchai à l'expliquer, à la rassurer, je n'y réussis que difficilement, et il était tard quand elle s'endormit. Je ne pus l'imiter, et ne voulant point troubler le sommeil si agité de ma femme, je me levai avec l'intention de descendre dans la salle d'en bas et de prendre un livre pour échapper à mes pensées. Il fallait passer par la chambre d'Antonie; je le faisais avec précaution, quand un amour de père me porta à m'assurer si son sommeil était plus tranquille que le nôtre, je m'approchai de son lit; je n'entendis point son souffle, je posai ma main sur sa couche, elle était solitaire et froide, et n'avait pas été défaite. Tout mon sang se refoula vers mon cœur, je faillis jeter un cri de terreur, j'eus cependant le bonheur de me contraindre.

Puissances du ciel, comment dépeindrai-je l'horrible souffrance de la minute où je me demandai où était mon enfant, où j'irais la chercher! Enfin, j'ouvre doucement la porte, je descends, et au travers de la porte vitrée, j'aperçois Antonie écrivant, et de temps en temps s'interrompant pour essuyer ses larmes. Tout affligé que j'étais, le poids affreux qui m'oppressait s'était soulevé; je la regardai un instant, qu'elle était belle, qu'elle était intéressante la pauvre fille, et comme je lui pardonnais avec mon faible cœur de père, car elle paraissait bien souffrir!

J'entrai, elle jetta un cri de terreur et s'évanouit; je la ranimai, mais j'eus le temps de lire l'adresse de sa lettre :

Elle était pour le comte Walter d'Artemont.

Ainsi ma fille était au nombre de ces obscures victimes sacrifiées au libertinage de cet homme. Elle était perdue, sa lettre le disait assez. Pendant que je la lisais, elle tenait dans ses mains sa tête humiliée; enfin, elle tomba à mes pieds, je pleurai avec elle, je pleurai sur cette innocence perdue à laquelle une femme doit seule le repos de sa vie; je pleurai sur cette nouvelle preuve de la faiblesse de son sexe.

Plusieurs jeunes gens remarquables s'étaient attachés à Antonie, ils me l'avaient demandée, elle pouvait être heureuse, et l'insensée avait préféré le déshonneur, le déshonneur qui trace à une femme une destinée irrévocable, le déshonneur qui flétrit la beauté, qui la perd pour toujours.

Je lui demandai la vérité, elle me l'a dit tout entière.

CHAPITRE V.

La Séduction.

« Il y a plus d'un an, prononça la pauvre Antonie avec effort, que pour la première fois je vis M. d'Artemont: à cette époque, vous consentîtes, mon père, à ce que je fusse souvent chez madame d'Arbenas, comme vous le savez, la femme d'un simple garde-du-corps. La réputation bien établie de cette dame, sa conduite si pure, ses bontés pour moi, l'occasion que j'a-j'avais de me fortifier en faisant souvent de bonne musique, vous avaient engagé, ainsi que ma mère, à me permettre fréquemment cette distraction. Peut-être tous ces détails vous sont-ils échappés, mon père, mais je dois vous les rappeler. Plusieurs jeunes gens qui allaient dans cette maison me remarquèrent; deux se présentèrent ici vous demandèrent ma main, et quoique ce fussent d'honorables partis, je les refusai. Pourtant je n'avais de raison à donner de ce refus, que mon indifférence pour eux et le désir de ne point vous quitter.

» Combien j'étais heureuse alors quand innocente et pure, tous mes vœux se bornaient à la possession d'une parure simple que vous ne me refusiez jamais. Mais bientôt, souvenez-vous en, vous remarquâtes en riant que je devenais bien coquette; vous aviez raison. Un besoin de plaire; une soif d'être aimée dévorait ma vie; j'avais vu M. d'Artemont, j'en étais remarquée; c'était lui qui tenait le papier de musique quand j'étais au piano; c'était avec lui que je dansais dans ces petites réunions que donnait madame d'Arbenas; c'était lui qui faisait valoir ce que je disais de bien, qui me vantait sans cesse; c'était lui, en un mot, qui remplissait toute ma pensée, toute ma vie.

» Mon père, continua Antonie, vous avez sans doute connu l'amour, et vous êtes demeuré trop bon, trop indulgent pour ne pas vous souvenir du charme qu'il répand sur la vie. Je n'y échappai pas, mais je ne fus heureuse que peu de temps, car bientôt M. d'Artemont me tourmenta pour me voir sans témoins, afin, me disait-il, de parler de notre avenir. Mon père, je vous l'atteste, long-temps je résistai à ses prières, à son désespoir, à ses larmes; vous m'aviez trop appris ce que se doit une femme.

» Mais un soir madame d'Arbenas allait au bal; elle me laissa seule à son piano; je croyais qu'on dirait qu'elle était sortie et que personne n'entrerait en son absence, je savais M. d'Artemont de service; il n'y eut donc point d'imprudence de ma part, mais seulement du malheur. Le comte entra dans le salon où j'étais: je serai vraie, mon père; je ne vous dirai pas que je ne fus point bien heureuse de le voir, et pourtant j'essayai de le fuir; mais tendre, respectueux, il sut me retenir, et contente de sa réserve, l'aimant plus que ma vie, je consentis à le revoir sans témoins.

» Ainsi quand vous croyiez que j'allais chez madame d'Arbenas, je me rendais où m'attendait Walter; Walter, mon Walter qui me jurait sans cesse d'être mon époux, qui un soir me le jura au pied d'un autel solitaire, et passa à mon doigt un anneau qu'il tenait de sa mère. Cependant M. d'Artemont ne pouvant me séduire, ni par son désespoir, ni par ses promesses, tomba malade et me donna à craindre pour sa vie. Enfin, et, sans que je lui le demandasse, il s'engagea par écrit à n'avoir jamais que moi pour femme... »

— Et l'as-tu cet écrit, m'écriai-je, en interrompant ma fille?

« —Oui, me répondit-elle, et vous allez savoir si je dois le faire valoir; vous en serez le meilleur juge. Je succombai mon père! et dès ce moment a commencé le supplice de rougir devant vous, de trembler que vous ne découvriez ma faute. Mais hélas! tant de maux n'étaient rien auprès de ceux qui m'attendaient. M. d'Artemont changea, me montra de la négligence, de l'indifférence, se mit à fuir le seul endroit où il put me rencontrer, et quand à force de prières j'obtins de le voir, il me traita avec mépris et menaça de m'abandonner entièrement. Enfin ne gardant plus de mesures, il osa me demander en souriant si j'avais été assez insensée pour croire qu'il m'épouserait jamais

» Comment avez-vous pu penser, me disait-il avec un amer sang-froid, qu'avec mon nom, ma fortune, mon titre, mon grade, je vous éleverais jusqu'à moi.

» Je tombai mourante à ses pieds, il m'y vit sans pitié, et ne me rassura, ne me consola un peu que par la crainte d'un éclat.

» Les choses en étaient à ce point quand le roi partit pour Gand ; je vis M. d'Artemont quelques minutes avant ce moment, et je lui appris que mon malheur était à son comble, que je ne pourrais bientôt plus le cacher.

» Il me répondit avec colère, avec mépris même, et me quitta. Cependant à son retour, vaincu par mes larmes, et sans doute par la crainte d'un éclat, je le trouvai, si ce n'est plus tendre du moins plus doux. Hélas! cette douceur cachait une trahison ; il allait se marier, et je ne puis douter que cette horrible action ne serait consommée si une autre de ses victimes plus hardie que moi, ou qui, craignant moins la honte, n'avertît la famille de sa fiancée.

» Maintenant vous savez tout, mon père, continua Antonie, chassez moi de votre présence, je l'ai mérité; mais du moins que votre pitié m'accompagne. Je veux m'enfermer dans une retraite, dans quelque asile religieux où je mourrai bientôt; mais avant il faut que je me débarasse d'un cruel fardeau; oh! mon père, n'est-il pas vrai que vous aurez pitié de mon enfant, que vous ne l'abandonnerez jamais? Demain, après la réponse du comte qui, j'en suis sûre, détruira ma dernière espérance, demain je comptais me jeter à vos pieds, vous conjurer de me soustraire aux regards de ma mère, à ceux de Berthe; je ne pourrais les supporter. Votre cœur, mon père, est le seul refuge que je veuille dans mon malheur : vous m'avez tant appris à compter sur votre indulgence. »

Et l'infortunée était à mes genoux et les baignait de larmes. Je la relevai; je la calmai; je l'engageai à envoyer sa lettre au comte.

Après je réfléchirai, lui dis-je avec douceur,

au parti que nous prendrons ; ton père seul connaîtra ta honte, je te le promets. Dans l'état où est ta mère, ce serait lui donner le coup de la mort.

Je la forçai de se mettre au lit, et, comme à un enfant au berceau, je tins sa main jusqu'à ce qu'elle fût endormie. Alors seulement je fus retrouver ma compagne qui ne s'était point réveillée ; mais moi, de bien long-temps je ne connus plus le repos. La rage, le désespoir, un désir affreux de vengeance me dévoraient.

Quoi ! parce que j'étais dans une position obscure on pourrait impunément déshonorer ma fille ? Je formai une résolution ; je voulus encore croire les hommes moins méchans qu'ils ne le sont, et je décidai d'exécuter mon projet quand je connaîtrais la réponse du séducteur d'Antonie.

Elle me la remit le soir même. Elle eut enflammé de colère un étranger seulement juste et bon ; que ne dût-elle pas produire sur le cœur d'un père. Cette réponse était courte, je l'ai retenue :

» Je suis las de vos prières et de vos larmes,
» Antonie ; s'il nous fallait, nous autres hommes,

» épouser toutes les femmes qui nous écoutent, » nous serions dix fois bigames. Parlez à votre » mère ou à votre vieille bonne, elles arran» geront cette affaire en secret; si vous manquez » d'argent je suis prêt à fournir ce qu'il en fau» dra. Je m'engage même à ne jamais vous aban» donner, si vous ne me faites point de querelle » avec votre père qu'on dit fier et exigeant. Soyez » prudente, et ne fâchez point celui qui veut » rester votre ami. »

Mon vieux sang tressaillit dans mes veines, mais mon parti fut pris à l'instant même. Je m'informai, sans avertir Antonie, du moment où je pourrais trouver le comte; je sortis à l'heure où j'étais sûr de le rencontrer, et je parus devant le séducteur de ma fille.

CHAPITRE VI.

Le grand Seigneur.

M. D'ARTEMONT habitait un élégant appartement de la rue de Rivoli; son valet en voyant ma modeste redingote bleue soigneusement croisée sur ma poitrine, en remarquant le ton bas, car j'étais fort ému, avec lequel j'avais demandé à voir le comte, me répondit d'abord que son maître ne recevait personne. Mais m'étant réclamé du nom d'un ami intime de M. d'Artemont, on m'introduisit alors sans difficulté. Il était nonchalamment couché sur un divan et parcourait un journal, tandis qu'une jeune femme, placée devant une grande glace, bâtissait l'édifice d'une coiffure, à laquelle elle donnait tant d'attention qu'elle ne m'aperçût même pas.

Le comte ne m'avait entrevu jusqu'alors que de manière à ne pas me reconnaître au premier abord; d'ailleurs il était si loin de m'attendre, qu'il n'éprouva aucun soupçon, et il me demanda, sans quitter son journal, ce que je désirais, et pourquoi son ami n'était pas venu lui-même.

J'avais gardé mon chapeau après l'avoir légèrement soulevé, et je répondis d'une voix grave à M. d'Artemont, que je voulais lui parler en particulier. Il crut sans doute que c'était de la part de son ami, car il se leva sans difficulté et me fit signe de le suivre. Je pus alors remarquer sa riche taille, la beauté de sa figure, et je reconnus qu'en effet il possédait des avantages qui avaient dû facilement séduire une fille sans expérience; mais vainement je cherchai une âme dans ces beaux traits; un sentiment dans ces yeux si admirablement coupés;

je ne vis qu'un bel homme; et je sentis que ma fille était perdue.

— Nous sommes seuls, me dit le comte en se tenant debout devant moi, faites votre commission, monsieur.

— J'en ai en effet une à remplir, monsieur le comte, répondis-je sévèrement, et j'espère que la réponse sera plus favorable que celle que vous avez envoyée hier. Je viens de la part d'Antonie de Verneuil.

— L'imprudente! s'écria-il avec humeur, pourquoi confier... et que veut-elle enfin? accepte-elle?

— Ce qu'elle veut, monsieur le comte, dis-je en me laissant aller à mon indignation ; elle veut que vous teniez vos sermens. Avez-vous oublié que dans le temple de Dieu vous jurâtes d'être à elle? avez-vous oublié d'ailleurs qu'elle possède une promesse signée de vous?

— Cette promesse est illusoire, s'écria-t-il; pour qu'elle eût la moindre valeur, il faudrait qu'elle fût légalisée par deux signatures de témoins ; on ne peut forcer personne à se marier. Ce sont de ces moyens qu'on a tort d'employer sans doute, mais à l'aide desquels on satisfait la vanité d'une jeune fille ; car dans le fond de l'âme elle ne peut y croire. Vous me parraissez assez raisonnable, monsieur, pour concevoir que dans ma position je ne puis épouser la fille d'un concierge du château. D'ailleurs Antonie vous a trompé si elle vous a dit qu'elle croyait que je l'épouserais; elle ne l'a jamais pensé elle-même.

— Monsieur, m'écriai-je en me découvrant et en lui laissant voir ma figure, monsieur, je suis le père d'Antonie, et je la connais trop pour croire qu'elle aît voulu m'en imposer. Vous le savez, j'en suis sûr, Antonie était faite pour rester sage, et vous ne l'avez pas séduite sans la tromper. Vous lui avez dit que vous l'aimiez; votre désespoir, vos sermens l'ont entraînée; vous devez réparer votre perfidie, vous devez épouser ma fille.

— Impossible, monsieur, me répondit-il, je vous le répète, je regrette le passé; j'ai offert à votre fille une partie de ce que je possède, et c'est d'autant plus généreux à moi, que dans ce moment j'ai beaucoup de dettes, je vous avoue même qu'il faut que je fasse un beau mariage. Ainsi, monsieur, brisons là ; acceptez ma proposition, et dès demain vous aurez tout ce que je pourrai me procurer d'argent comptant.

— Arrêtez enfin, monsieur, m'écriai-je, je ne viens point ici vous faire une scène de comédie ; vous proposer de vous battre ou d'épouser ma fille, vous me refuseriez, je le sais; je savais à peu près aussi qu'en me présentant chez vous, je n'obtiendrais rien; mais j'y suis venu conduit par le besoin qu'éprouve l'homme offensé de se venger du moins par l'expression de son mépris.

— Monsieur, prononça le comte.

— Monsieur, repris-je plus haut, vous m'entendrez. Je pourrais, si je le voulais, vous fermer la porte à tous ces beaux mariages, qui vous sont, dites-vous, nécessaires. Je le pourrais, car si les réclamations d'un obscur concierge n'étaient pas écoutées, celles d'un homme d'un rang égal au vôtre pourront être entendues.

En achevant ces paroles, je posai sur une table un parchemin où il pût lire ces mots :

Alexandre-Joseph, comte de Verneuil, marquis de Montferrin, etc., etc., je placai à côté la grand'croix de Saint-Louis, et je le regardai.

— Quoi ! mon père, s'écria Louise!

— Allons, mon enfant, dit le vieux concierge

en souriant, ne m'apprend pas que tu es fière d'être la fille d'un homme titré. Que t'importe, ostensiblement je ne suis qu'un concierge, et je mourrai n'étant que cela.

— Mais pourquoi, s'écria la jeune fille?

— Nous parlerons de mes raisons plus tard, mon enfant, revenons à ta sœur.

Le comte chercha des excuses, employa même des expressions de regret, mais persista à me dire qu'il ne pouvait épouser ma fille; qu'il savait parfaitement que j'étais en mesure de lui nuire, mais qu'il persistait à me prier d'accepter l'argent.

Je l'arrêtai; et donnant à tort peut-être essor à toute ma violence, je le traitai comme le dernier des hommes; il ne me répondit pas, et j'essayai vainement de l'irriter assez par mes offenses pour le décider à se battre; et ce fut inutilement que je descendis jusqu'à l'insulte. Je le quittai.

En traversant le salon où j'avais laissé une femme, je la vis qui battait des entrechats en riant comme une folle d'un petit chien qui déchirait une épaulette. Elle me remarqua à peine, et je n'étais pas dans l'antichambre, que j'entendis les éclats de rire du comte se mêler aux siens. Pendant ce temps son valet de chambre disait à son camarade que cette danseuse ruinait son maître.

Je rentrai chez moi, et replaçai dans le coin obscur où je les cachais depuis bien des années le parchemin et la croix que j'avais emportés. J'étais puni d'avoir compté sur cette confidence, et je me jurai de ne plus retomber dans cette faute.

Mais j'avais promis à ma malheureuse fille de l'aider à cacher sa honte à sa mère ainsi qu'à Berthe. A force de précautions, et grâce à sa belle taille, elle y avait réussi jusque là ; mais à chaque instant cela devenait plus difficile. Et depuis plusieurs jours je cherchais vainement quel moyen prendre, quand le vieux marquis de Chavagnac m'offrit une excellente occasion de m'absenter.

Son frère venait de mourir, et les affaires de la succession étaient en désordre. Plusieurs fois j'avais donné de bons conseils au marquis qui n'entendait rien aux affaires, et n'aurait pu débrouiller celle-ci. Je lui offris de m'en charger s'il pouvait m'obtenir un congé de trois mois.

J'avais depuis plusieurs années un brave homme qui me remplaçait dans mes faciles fonctions qui ne demandent que de la probité et une extrême vigilance, et il n'y avait aucun inconvénient à ce que je m'éloignasse ; j'eus mon congé, je pris auprès de ma femme le prétexte du changement d'Antonie et du mauvais état de sa santé, et je lui dis que j'étais sûr que ce voyage ferait du bien à sa fille : elle y consentit.

Arrivé à Lille, où était mort le frère de M. de Chavagnac, je m'occupai de trouver dans les environs une retraite bien sûre, bien cachée, il me fallut aller jusqu'à une petite ville appelée Roubaix à quatre lieues de Lille. Cette petite ville quoique commerçante présente un aspect fort tranquille, trop tranquille même, car il est impossible de surmonter la tristesse qu'elle inspire.

Ce fut là où j'établis ta pauvre sœur, après avoir dit au peu de monde que je connaissais à Lille, qu'elle retournait à Paris. Je me mis à presser les affaires du comte afin de la rejoindre bientôt, et en effet je fus libre plus de quinze jours avant le moment fatal où Antonie devait être débarrassée de son cher et cruel fardeau.

Un des motifs qui m'avaient fait choisir Roubaix était qu'il y avait un excellent accoucheur. En arrivant près de ma pauvre Antonie, que je la trouvai changée en si peu de temps! Quel ravage le chagrin avait fait sur elle! Elle avait pu s'y livrer sans contrainte; ce triste climat du Nord, ces habitans si peu communicatifs, cette ville si triste, ajoutaient, disait-elle à sa mélancolie; mais je savais bien moi qu'une autre douleur, bien autrement sensible, minait sa vie : elle aimait toujours son séducteur. Que de longues heures nous avons passées ensemble près de ces sombres foyers, brûlans sans flammes, et échauffés par le triste charbon de terre, a côté l'un de l'autre, nous n'osions nous parler, car nos larmes auraient coulé. Antonie travaillait lentement à la layette du pauvre petit être qui allait voir le jour. Que de fois je l'ai vue rejetant avec désespoir le petit vêtement qu'elle lui destinait, s'enfuir pour tomber à genoux et crier pitié à son Dieu qui la punissait si cruellement. Puis elle revenait se jeter dans mes bras et me demandait pardon. Hélas! il y avait bien long-temps que je n'avais plus de ressentiment.

Enfin l'instant arriva ; elle m'avait supplié de ne pas la quitter, et ce fut, étreinte de mes bras déjà débiles, de mes mains tremblantes, qu'au milieu d'affreuses douleurs elle donna le jour à un fils, qui reçut mon nom.

Oui, je l'avoue, je fis un faux, car je n'eus jamais le courage de faire mettre sur un acte public : *Père inconnu.* Ainsi le fils d'Antonie était deux fois le mien. Si ce fût un tort ma conscience ne me reprocha rien.

Nous plaçâmes l'enfant chez une bonne nourrice bien payée, à qui je le recommandai avec les plus vives instances. Je lui avais ordonné de m'écrire régulièrement à une adresse que je lui indiquai à Versailles, et me croyant certain du secret, je revins à Paris avec ma pauvre Antonie.

CHAPITRE VII.

La Mort et le Mariage.

A mon retour je trouvai ma femme bien souffrante et aussi bien changée. Elle regarda Antonie avec effroi et me demanda pourquoi je ne l'avais pas avertie qu'elle eût été si malade. Je lui dis que je n'avais pas voulu l'inquiéter, et Antonie versa des larmes. Hélas !

depuis plusieurs mois, c'était presque son seul langage ; et notre intérieur, jadis si gai, si calme ne présentait plus que la triste image du chagrin et de l'abattement.

Toi-même, ma chère Louise, toi, joyeuse et naïve, tu ne pouvais nous arracher un sourire : ta mère t'avait sevrée, ta vue faisait toujours mal à ta sœur. Elle était devenue d'une si inquiétante susceptibilité que souvent on n'osait lui parler. Que de fois sa mère m'a demandé en pleurant : qu'à donc ma fille ?

J'espérai que le temps amenerait quelque heureux changement ; mais le temps gâte plus de choses qu'il n'en arrange. Ma femme et ma fille s'affaiblissaient chaque jour ; cependant notre petite société du soir ne nous avait point abandonnés ; mais elle était moins nombreuse qu'aujourd'hui ; car même nos plus constans amis reculent devant de mélancoliques figures qui ne décèlent que des peines. Et puis, je tremblais toujours qu'on ne parlât du comte d'Artemont ; je savais qu'il était au moment de se marier.

Ah qu'il m'a fallu d'empire sur moi-même pour ne pas aller lui arracher la vie ! Vingt fois la vue de ma pauvre fille, qui se mourrait, faillît me porter à cet acte d'exaspération! Enfin ma femme, dont la santé avait toujours été délicate, et qui avait nourri malgré l'avis des médecins et le mien; ma femme fut déclarée en danger. Un instant Antonie se ranima pour soigner sa mère, mais c'étaient les forces factices du désespoir : elle n'en marchait que plus vite vers la tombe.

Un malheur, mais je ne sais si je puis donner ce nom à la mort d'un enfant voué dès sa naissance à l'infortune, rendit la fin de ces deux anges plus terribles.

Un matin je m'étais absenté pour un peu de temps et bien malgré moi. En rentrant je trouvai Berthe en larmes; ma femme touchait à son heure suprême; c'était une circonstance funeste qui rendait ses derniers momens plus cruels.

Un de mes amis avait été à Versailles, et le hasard, car le hasard est toujours contre le malheur, le hasard l'avait conduit chez la personne chez qui on m'adressait les lettres de Flandre. On crut me rendre service en le chargeant de m'en remettre une qui venait d'arriver, et mon ami ne me trouvant pas, ne n'ayant jamais connu aucun mystère, avait donné ma lettre à ma fille ; celle-ci reconnaissant le timbre et l'écriture l'avait ouverte ; mais aussitôt la malheureuse Antonie était tombée sans connaissance.

On m'apprenait la mort de son fils. Quelque fût la honte de sa naissance, c'était son fils enfin, et peut-être les larmes qu'il lui coûtait chaque jour le rendait-il plus cher à son pauvre cœur blessé. A son cri déchirant, sa mère, malgré sa faiblesse, s'était traînée vers elle ; elle avait lu la lettre, et sans dire un mot, elle était retournée sur son lit de douleur, en sachant qu'elle ne s'en releverait plus.

Hélas, elle avait raison, et je la vis promptement s'éteindre ; mais elle ne me quitta pas seule, car il semblait que la mère et la fille marchassent du même pas vers le même but. Peu d'heures avant que ma femme l'eût atteint, elle pardonna à sa fille, la conjura de vivre, non pour être heureuse, elle savait bien que cela ne se pouvait plus ; mais pour me soigner, pour élever sa sœur au berceau.

« Antonie, prononçait ma femme d'une voix mourante, Antonie apprends à ta sœur qu'il n'est jamais de bonheur pour la jeune fille qui s'égare ; répète lui surtout qu'un homme n'épouse point la fille qu'il a séduite, et que, s'il le fait, il vaudrait mieux cent fois que l'infortunée n'acceptât point cette réparation ; car toujours on fait payer à l'épouse les fautes de l'amante. »

Mais Antonie ne put vivre pour me consoler, ni pour protéger sa sœur. Un mois, jour pour jour, après la mort de sa mère, elle s'éteignit en nommant encore l'objet de son aveugle passion.

Oh ! mon enfant, que Dieu ne te fasse jamais connaître la douleur cruelle de voir se fermer des yeux qui tout à l'heure encore vous peignaient leur tendresse. Triste nécessité que la destruction ; devrait-elle du moins déranger l'ordre de la nature ? ma femme était bien plus jeune que moi, Antonie était ma fille ; devais-je leur survivre ? C'est que la faux du chagrin est aussi cruelle, aussi impitoyable que celle de la mort ; c'est qu'elle moissonne plus vite que la maladie même.

Il ne me reste plus qu'à vous parler du jour où ma pauvre fille fut conduite à sa dernière demeure. On voulait que je ne l'y accompagnasse pas. Mais quand je me serais épargné cette douleur, quand je n'aurais pas vu une terre lourde et froide cacher à jamais ma fille chérie, l'en aurais-je moins perdue. Non, d'ailleurs ma douleur était calme sans éclat. Depuis longtemps je m'attendais à la catastrophe qui me frappait ; le malheur ne me prenait pas à l'improviste, il venait comme un hôte attendu, et j'étais résigné.

Aussi je fus le premier prêt pour suivre le convoi ; j'avais passé la nuit près du corps d'Antonie, cette nuit qui était la dernière où elle restait, quoique insensible, près de son père. Je m'étais dit après beaucoup de larmes qu'il y avait bien de l'égoïsme dans mes regrets, qu'en mourant ma fille échappait à la cruelle souffrance d'un amour trompé ; que je l'avais vue, depuis qu'elle en était atteinte, toujours triste et malheureuse ; qu'elle était trop tendre, trop aimante pour l'oublier, et que le mépris n'ayant pu la guérir, elle aurait été condamnée à souffrir l'atroce douleur de voir ce qu'elle aimait uni à une autre, et puis je me résignais encore en me répétant que tant de douleurs abrégeraient ma vie déjà avancée ; que je mourrais bientôt ; ton seul souvenir m'occasionait des regrets, ma chère Louise, et je me promettais de tâcher de vivre jusqu'à ce que je t'aie confiée à des mains sûres.

Avant de mourir, Antonie m'avait remis une cassette renfermant tout ce qui lui venait de M. d'Artemont ; au moment de tout détruire, je voulus voir encore une fois les preuves de ses indignes perfidies d'hommes, à l'aide desquelles ils perdent une existence tout entière, je lus ses lettres.

Dans ce moment, ma Louise, tu jetas un cri dans ton berceau, ton intérêt l'emporta, et au lieu de brûler ces papiers, je les renfermai dans la cassette, pour te les faire lire un jour ; car, je le savais, un jour aussi tu connaîtrais cette funeste passion à qui on doit tous ses malheurs quand on se laisse dominer par elle. Je pris seulement sur moi le portrait du comte pour le détruire comme un holocauste au pied de la tombe que j'allais élever à ma fille, et je partis conduire moi-même mon enfant à sa dernière demeure.

Deux heures sonnaient quand nous entrâmes dans l'église Saint-Germain-l'Auxerrois ; il faisait un beau et magnifique soleil ; la nature était brillante et parée. On eût dit qu'elle insultait à ma douleur. Mais ce jour si pur éclairait plus d'une solennité ; le maître-autel s'illuminait ; on plaçait de magnifiques carreaux de velours frangés d'or au pied de l'autel. Déjà beaucoup d'assistans étaient rassemblés et quelques femmes superstitieuses détournèrent la tête quand elles virent entrer presque simultanément le convoi de ma fille et le cortége d'une mariée ; le service des morts se faisait à un autel très proche du chœur ; de cet autel on entendait la prière des morts, et il y avait quelque chose de touchant et de solennel dans ces chants lugubres se mêlant à la bénédiction nuptiale.

De nombreux amis m'avaient accompagné, et ces amis n'étaient pas tous obscurs ; plusieurs étaient décorés ; beaucoup étaient faits pour attirer le respect ; et puis ce drap blanc, cette couronne de vierge qu'en frémissant j'avais posé sur le cercueil de ma fille, tout cela attirait l'attention, et quand le couple prêt à s'unir, sortit de la sacristie, les femmes portaient alternativement leurs regards de la couronne nuptiale de la mariée à la couronne mortuaire d'Antonie : ce contraste attristait, et le clergé, toujours si empressé de satisfaire les riches, le clergé, qui voulait que rien ne déplût à un grand seigneur qui célébrait son hymen au prix le plus élevé, donna l'ordre d'expédier les dernières prières qu'on devait à ma fille.

Nous allions sortir, les deux époux étaient rentrés un moment dans la sacristie, et je compris pourquoi, je compris qu'on ne voulait pas attrister leur hymen, et j'allais suivre le corps de mon enfant, quand j'entendis nommer le comte d'Artemont.

Il me sembla qu'à ce nom la couronne de fleurs qui était sur le cercueil d'Antonie avait tressailli ; il me sembla qu'elle-même avait fait un mouvement dans son lit de planches. Ma tête se monta, je sentis tout mon vieux sang bouillonner, je quittai le convoi et j'entrai dans la sacristie. Il était là, le séducteur, près d'une jeune fille riante et jolie ; lui, en grand uniforme, fier, content de son sort.

Il me vit, il trembla ; je l'appelai, et il vint : nous rejoignîmes le convoi qui allait sortir de l'église. Son air de fête attirait l'attention, on se retournait, on nous regardait, on se parlait bas.

— Eh bien! me dit-il, en s'arrêtant, avec hauteur, ayant sans doute réfléchi que la mort d'Antonie le délivrait de tout péril.

— Demandez lui pardon, dis-je tout bas, et suivez son convoi, ou sans cela... je romps votre mariage, j'en ai les moyens, vous le savez.

— On m'attend, dit-il d'une voix suppliante, je vous rejoins dans une heure.

N'approchez pas d'elle quand vous ne serez plus libre, dis-je, d'une voix ferme, demandez à l'instant pardon. Le cercueil était entre les deux portes : il s'agenouilla, pâle et tremblant, saisi le drap qu'il baisa, la couronne de roses blanches tomba à ses pieds. Fût-ce rage ou émotion, je vis des larmes dans ses yeux, je lui remis son portrait, et il s'enfuit.

Cette scène s'était passée rapidement, et si elle donna des soupçons, personne du moins n'osa m'interroger. Je quittai l'église, et lui, le séducteur, dix minutes après, il prononçait le *oui*, qui lui donnait le droit d'être riche, heureux et insolent.

CHAPITRE VIII.

Un vieux Marquis.

Midi venait de sonner à Saint-Thomas-d'Aquin, les douze coups avaient été répétés par plusieurs pendules qui ornaient l'hôtel de madame de Saint-Firmin, qu'elle dormait encore. Bercée par le souvenir du bal de la veille, elle rêvait sans doute qu'elle était entourée, adulée, qu'on la trouvait plus jeune et plus belle que jamais, et ce fut avec humeur qu'elle entendit la voix de mademoiselle Lucile lui demander s'il fallait renvoyer quelqu'un qui attendait depuis long-temps son réveil.

La comtesse avait presque oublié dans le tumulte d'un bal, dans l'enivrement d'une fête, qu'elle avait été obligée, malgré elle, d'accorder un rendez-vous qui l'ennuyait beaucoup; mais avec le réveil se replaça dans son souvenir tout ce qui n'était pas agréable dans sa vie; comme une autre, elle avait des déceptions, des mécomptes. Cependant il faut dire que, grâces à son caractère, elle souffrait moins que personne des peines de ce monde, car elle avait précisément les défauts qui donnent le moins de prise au malheur.

C'était une élégante du monde dans toute l'acception du mot, femme sans élévation, sans générosité, sans enthousiasme. Sa vie avait été celle de toutes les jeunes femmes sous l'empire; elle s'était mariée avec un colonel qui avait payé avec du sang les étoiles de ses épaulettes de général, qui avait précisément choisi deux très beaux hommes pour ses aides-de-camp, afin que madame les prît l'un après l'autre pour amans. C'était généralement une des fonctions de ces messieurs, comme celle de découper à table.

Restée veuve et riche, madame de Saint-Firmin s'était d'abord consolée avec décence, ensuite sans retenue; plusieurs de ses adorateurs avaient voulu l'épouser, mais elle avait une certaine finesse de prévision qui l'avertissait que ce n'était pas seulement par tendresse qu'on voulait lui donner des chaînes, et elle demeura libre.

Pourtant, comme l'amour n'occupe pas toute la vie d'une femme qui n'a ni sensibilité, ni imagination, ni tendresse maternelle, madame de Saint-Firmin s'était faite, ce qu'on appele femme de partie, elle était royaliste, carliste, henriquinquiste, tout ce qu'on voudra, mais sans enthousiasme, sans dévouement. Elle n'aimait pas plus Charles X et sa famille qu'elle n'aimait Louis-Philippe, mais l'ancienne cour lui plaisait davantage que la nouvelle; puis c'était le ton dans le noble faubourg de se moquer du Roi-Citoyen, et de mêler du ridicule à ses fautes.

Pourquoi donc allait-elle à son bal? C'est qu'elle avait son fils au service; c'est qu'on l'y avait spécialement engagée; et puis, c'est qu'elle était coquette, encore belle, et qu'elle aimait le monde, les fêtes, et par dessus tout cela, c'est qu'elle aimait dans ce moment, et qu'elle croyait aimer pour le reste de sa vie, un beau, grand, jeune officier, aux petites moustaches soignées, à la taille élégante et bien prise, et que ce jeune homme, naguère républicain, pouvait devenir royaliste; car il est rare qu'une tête de vingt-cinq ans soit bien constante, surtout quand cette tête est pleine de projets impossibles, de déceptions venues de promesses trompées, d'ambition et d'un goût très prononcé pour la dépense.

Il fallait donc aller au bal pour voir le joli officier, produire sur lui cette espèce de fascination qu'une femme du monde exerce facilement sur un jeune homme qui n'est pas blasé sur de grandes manières, de grands mots et le pouvoir du luxe, et qui se croit bien heureux quand une belle dame néglige de grands seigneurs pour lui, et à qui une musique de bal, un langage de bal, des toilettes de bal, tous ces scintillemens de richesses, de fleurs, de musique, ne manquent presque jamais de tourner la tête.

La belle comtesse et l'infidèle amant de Louise sortirent ensemble du bal. Ce dernier, plus étourdi qu'enivré de sa bonne fortune, essayait de se persuader qu'il était passionnément amoureux, quoiqu'il eût de la peine à chasser l'image de sa jeune et innocente maîtresse, et sans doute il y avait plus de désirs dans sa tête que d'amour dans son cœur. Mais madame de Saint-Firmin ne se connaissait pas en passion; il lui importait peu d'ailleurs que celle qu'on lui peignait fût bien sincère, pourvu que le résultat lui offrît un amant jeune, ardent et empressé! Pourtant elle avait promis d'en faire autre chose de cet amant; elle avait promis d'en faire un partisan d'Holi-Rood, un sujet dévoué à la dinastie déchue; elle l'avait promis et déjà elle avait jeté les fondemens de ses projets.

Emmanuel avait été sublime dans les journées de juillet; il avait défendu avec ardeur une cause noble et sacrée; on lui avait beaucoup promis, et on n'avait tenu, à lui comme aux autres, qu'une faible partie des promesses faites. Ses compagnons de courage et d'infortune n'avaient reçu aucune récompense, le peuple était plus malheureux que jamais, et Emmanuel ne pouvait jouir du bien-être qu'on lui avait accordé à lui seul, car son cœur était bon et son âme encore généreuse. Tel était le beau côté de son caractère ; mais ces qualités étaient obscurcies par une extrême vanité, une ambition démesurée, et la folie de croire qu'il était au dessus de tous ses compagnons, par son mérite et sa bravoure. Ses amis lui avaient longtemps rendu cette justice ; mais depuis qu'il était entré au régiment de Chartres, qu'il allait aux soirées et aux bals du roi, ses compagnons de gloire ne le cherchèrent, ne le tutoyèrent plus, et se méfièrent de lui. D'abord il s'en affligea, et il voulut se venger généreusement en leur étant utile, mais partout il trouva des obstacles, des promesses fallacieuses, et la mauvaise foi. Enfin la persécution s'attacha aux combattans de juillet ; ils furent traités en ennemis ; on oublia que c'étaient eux qui avaient élevé le trône.

Cependant tous les jours Emmanuel se plaignait moins hautement ; madame de Saint-

Firmin, l'apprit et engagea son fils à se lier avec lui, et à l'amener chez elle. Fier d'être admis dans l'intimité d'une femme riche, brillante et encore belle, il ne pensait pourtant peut-être pas dans les commencemens à devenir inconstant; assez long-temps même encore il fut fidèle à son premier amour; mais il finit peu à peu par comprendre qu'on peut tromper deux femmes à la fois. D'abord dans le premier temps ce ne fut point sans remords; mais quand il se dit que ses soins pour madame de Saint-Firmin pouvaient le mener à la fortune, cette première concession, arrachée à l'honneur, le reste devait suivre naturellement. Aussi n'était-il plus entièrement heureux quand il se trouvait avec Louise; ils se querellaient sans cesse; et cependant, il ne pouvait se décider à rompre entièrement avec elle. Il y a un grand empire dans ce premier amour vrai et naïf du jeune âge, et quand il faut s'en détacher entièrement, un déchirement de cœur nous crie que ce que nous jurons à une autre n'est que mensonge et vanité.

Telle était la situation d'Emmanuel quand il se rendît au bal, quand il cherchait à s'étourdir près de madame de Saint-Firmin. Il y réussit, et ils ne se quittèrent pas sans s'être donné rendez-vous, pour le soir à sept heures, chez la comtesse, elle ne l'avait point oublié comme celui qu'elle avait accordé pour le matin; ce souvenir fut la compensation de l'ennui qu'elle éprouva à son lever; aussi s'inquiéta-t-elle assez peu d'être pâle et fatiguée, et faisant avec assez de négligence sa toilette du matin, elle fut rejoindre le marquis de Verbreuse qui l'attendait depuis si long-temps.

— Enfin, vous voilà ma chère belle-sœur, s'écria-t-il, avec plus d'impatience que de politesse, cela est heureux, il faut en convenir. Quoi! pour vous atteindre il m'a fallu courir à ce ridicule bal, où je savais que vous seriez? car depuis huit jours je ne puis vous rencontrer chez vous; et si vous osiez me le dire, vous m'avoueriez que vous regrettez déjà que je vous aie traquée, c'est le mot; mais je vous tiens, et je ne vous laisserai pas que nous n'ayons parlé raison.

A ce dernier mot la comtesse laissa voir un profond ennui, s'étendit avec nonchalance sur son divan, puis demanda à son beau-frère s'il voulait déjeûner.

— Merci, merci, répondit-il sèchement; vous voulez encore m'échapper, je le vois, et rompre ce qui s'appelle les chiens; mais vous m'entendrez ma belle-sœur. D'abord je suis encore chargé des ennuyeuses affaires de la tutelle de votre fils, affaires qui s'embrouillent tous les jours davantage, attendu que vous faites des dettes de votre côté et lui du sien; lui, passe encore et sa jeunesse l'excuse; mais vous, vous ma belle-sœur, il me semble que vous êtes d'âge à être raisonnable, et. . . .

— Parlons d'autres choses, mon frère; si je dépense, c'est pour la bonne cause, et loin de m'en faire des reproches, vous devriez me remercier. Croyez-vous donc qu'il n'en coûte pas d'argent pour ourdir des conspirations?

— Vraiment, ma sœur, vous vous occupez de choses essentielles, s'écria le marquis, on m'avait dit pourtant qu'une nouvelle fantaisie; pardon comtesse, mais vous savez que ce n'est pas la première; on m'avait donc dit qu'un jeune sous-lieutenant de Chartres ne vous quittait pas. Cette nuit même au bal, on me l'a fait remarquer; mais c'est un enfant, et vous n'en faites sans doute, ni un adorateur, ni un conspirateur.

— Pourquoi pas, marquis? C'est une tête chaude, un ancien étudiant en droit, un vainqueur des trois journées; c'est cela qu'il nous faut; cela vaut mieux que de vieux royalistes à ailes de pigeon, qu'il faut porter en avant.

— Bien obligé, ma belle-sœur, répondit le marquis avec humeur, vous vous vengez de ce que j'ai parlé de votre âge.

— C'est possible mon frère; mais finissons. Il faut empêcher mon fils de faire des dettes, et bien vous persuader, que je ne fais d'aussi fortes dépenses que pour la bonne cause; aussi vous allez me procurer dix mille francs de suite.

— Dix mille francs! et vraiment, pour un motif honorable?

— Je vous en donne ma parole. Je veux vous attacher ce jeune lieutenant de Chartres, qui, par sa position, peut avoir une grande influence.

— Sans doute, s'écria le marquis; et si nous pouvions le joindre à ceux que j'ai détachés du nouveau gouvernement, ce serait une merveilleuse affaire; le peuple aurait plus de confiance, et, comme c'est toujours lui qui paye tous les malheurs, il se plaint, il s'irrite, il meurt de faim, et la plupart commencent à penser que ce que nous n'avons plus, valait au moins ce que nous avons. De la comparaison aux regrets il n'y a qu'un pas; mais, avant de nous livrer, je veux avoir des informations plus précises sur ce jeune. . . . Comment l'appelez-vous?

— Emmanuel de Ternan.

— De Ternan, répéta le marquis; mais il est donc quelque chose, ce jeune homme?

— Tout l'annonce; et cependant moi aussi, ajouta madame de Saint-Firmin, je serais bien aise d'avoir de plus amples renseignemens sur son compte. Voici son adresse; faites jaser, mon frère, et demain venez déjeûner avec moi, avec les renseignemens et les dix mille francs.

La comtesse, enchantée d'être débarrassée de son beau-frère, dina, s'occupa ensuite de sa toilette, qu'elle fit avec le plus grand soin, car elle voulait conduire le jeune Emmanuel aux Bouffes, et il fallait y paraître éclatante et belle, et quoiqu'elle passât plus de deux heures devant une psyché resplendissante de bougies, sept heures sonnaient qu'elle avait encore quelque chose à refaire à sa coiffure. En effet, le coup de sifflet qui annonçait se fit entendre, plusieurs portes s'ouvrirent et se refermèrent, la comtesse orna sa physionomie du sourire le plus attrayant, car elle crut voir entrer Emmanuel; mais c'était un laquais qui lui remit un billet; elle le décacheta avec empressement, et le froissa ensuite avec colère.

M. Emmanuel de Ternan, en termes respectueux, mais froids, apprenait à la comtesse qu'une affaire indispensable le privait de l'honneur de venir lui présenter ses hommages; mais il ne sollicitait pas un nouveau rendez-vous.

CHAPITRE IX.

Les Conseils d'un Père.

Depuis quelques instans le père d'Antonie et de Louise avait cessé de parler, que cette dernière et Berthe pleuraient encore avec amertume, tant il y avait de malheur et d'intérêt dans cette mort de jeune fille ainsi racontée par un père, par un vieillard; et puis pour Louise c'était une sévère leçon.

L'homme que l'on aime est sans doute plus parfait, plus digne d'estime que tout autre ; c'est la passion qui nous dit cela ; mais quand par fois elle se tait, quand l'exemple d'une infortune causée par l'amour nous est présentée, on pleure d'abord sur la peine d'une autre, et malgré soi on s'afflige par un retour sur soi-même. Sans doute c'est une belle illusion que l'amour, et pour les femmes qui s'y abandonnent entièrement, pour celles qui ne comptent que lui dans leur mobile existence, il faudrait mourir le jour où elles la perdent.

Mais plus heureusement organisées, quelques femmes songent aussi qu'il est des devoirs sacrés à remplir ; des plaisirs, qui pour être moins vifs, ne sont pas moins doux. Louise se disait bien cela ; et d'un caractère vif et gai, d'une imagination mobile et embellissante, d'un caractère ouvert, ferme, même un peu impérieux, elle ne se croyait pas fille à aimer long-temps ce qu'elle ne pouvait estimer ; en cela, comme en beaucoup d'autres circonstances, elle venait à l'appui de ce que ne prouvent que trop souvent les actions des femmes, c'est qu'elle détestent la prévision et la raison, et que les actions où elles se mêlent n'ont pas long-temps d'empire sur elles.

Louise aimait Emmanuel, car elle avait une haute idée de son caractère, et après un moment de réflexion, elle pensa qu'il ne pouvait la tromper; elle se rassura donc facilement; puis il avait été si tendre, si empressé; il lui avait tant de fois répété qu'il ne pouvait vivre sans elle, et c'est une parole qu'une femme croit si facilement, que Louise, après avoir consolé son père, et l'avoir bien assuré qu'elle ne lui causerait jamais de chagrin, se disposa à chercher du repos et à lui souhaiter une bonne nuit, quand il l'arrêta avec gravité.

— Mon enfant, lui dit-il tristement, en te racontant l'histoire de ta pauvre sœur, je n'ai point voulu seulement attrister ta jeune et riante imagination, j'ai voulu te faire entendre qu'il n'était point de meilleur ami, de meilleur conseiller qu'un père.

Berthe, continua le vieillard, allez vous reposer; j'ai besoin d'être seul avec ma fille.

La vieille bonne obéit, et Louise sentit que le moment était venu de dire la vérité tout entière.

— Ma fille chérie, reprit M. de Verneuil, quel est ce jeune homme à qui tu donnais le bras ce soir, sur le quai près du Louvre?

Louise tressaillit, et s'écria étourdiment :

— Mon père, j'en suis sûre, vous me demandez ce que vous savez ; vous avez trop de pénétration pour ignorer qu'Emmanuel de Ternan m'aime et me recherche.

— Si j'ai de la pénétration, j'ai encore plus d'estime pour ma Louise ; et j'étais loin de penser qu'elle donnerait ou accepterait des rendez-vous. Tu peux croire mon enfant que l'exemple d'Antonie n'a pas été perdu pour moi; et depuis deux mois, tu ne fais pas un pas, tu n'écris pas une ligne, tu ne reçois pas une lettre, que je n'en sois instruit.

Oui, je sais que ce jeune officier t'aime, ou du moins te le dit ; j'ai lu cela dans ses yeux et encore plus dans les tiens, car l'amour est une fièvre que vous cachez mal vous autres jeunes filles ; mais si j'ai fait une grande attention à tout cela, depuis que je sais que tu t'occupes de ce jeune homme, je ne sais qu'imparfaitement comment vous vous êtes connus, comment vous vous êtes attachés l'un à l'autre.

Parle donc, mon enfant, et ne voit pas en moi un père de mélodrame, toujours le bras levé pour lancer une malédiction, ou un Cassandre facile à tromper. Il faut, ma Louise, qu'au moins un de mes enfans soit heureux, et le soit avec le secours de la raison. Je ne serai peut-être pas là pour le voir, mais je m'en irai calme et tranquille, si un honnête homme devient ton guide et ton appui. Parle donc avec confiance, Louise, quel est ce jeune Emmanuel?

— Mais mon père, vous le savez, il vous a été présenté par une personne que vous estimez.

— Oui vraiment, et ce bon Regnaud a agi bien contre ses intérêts, car il t'aime, et. . .

— Ah! mon père, qu'il est vieux et laid ce farouche secrétaire de M. Carnot, qui nous raconte toujours des histoires qui me font trembler; pourrait-il se présenter comme le rival d'Emmanuel, si élégant, si. . . .

Le vieux Verneuil laissa malgré lui échapper un sourire, et le cacha en reprenant :

— Enfin, ton jeune adorateur était, avant les trois journées, étudiant en droit; il s'est battu, a défendu les droits du peuple, a été grièvement blessé, et ce fut alors que je me doutai de ton amour, ma pauvre Louise, car tu as bien pleuré. . . . .

— Ah! pourtant vous ne savez pas tout mon père; il me doit la vie, car une large blessure traversait sa poitrine; vous m'aviez enfermé dans ma chambre, en me défendant de sortir, et vous, mon père, vous étiez allé chercher des nouvelles; vous trembliez pour ce pauvre peuple, et un peu aussi, je crois, pour sa victoire, car vous aimiez l'ancien roi. . . .

— Je ne m'en défends pas mon enfant; crois-moi, il est peu d'homme de mon âge qui ne pense ainsi, ou à peu près; mais, revenons à ton héros. . . . .

— Il fut blessé, mon père, et dans ce château; où il avait été un des premiers parmi ceux qui s'en rendirent maîtres, et il y maintint l'ordre. . . . .

Lorsqu'Emmanuel fût frappé, il se traîna dans un corridor sombre, derrière la chapelle. Je savais qu'il était à l'attaque des Tuileries, et mon inquiétude était horrible. Le soir, je n'y pus tenir; Berthe, vaincue par mes instances, m'ouvrit la porte, et sans songer au danger, je courus chez une brave femme chez qui logeait Emmanuel ; j'appris qu'il n'était pas revenu ; je rencontrai un de ses amis, qui me dit l'avoir vu blessé dans la mêlée ; il était bien inquiet ; j'étais au désespoir.

Nous parcourûmes le château dont je connaissais tous les détours ; mon père, ne vous moquez pas de mes pressentimens, quelque chose me criait que j'allais le trouver ; en effet, derrière une porte, son arme à côté de lui, étendu et baigné dans son sang, je trouvai ce vaillant jeune homme.

Nous le posâmes sur un lit, dans une chambre écartée ; son ami fut chercher un chirurgien ; et chaque soir j'allais le voir et passer quelques momens bien courts auprès de lui.

Vous voyez mon père, ajouta la jeune fille d'un air malin, mais caressant, que vous ne saviez pas encore tout.

— En effet, mon enfant, en amour les femmes, il faut en convenir, nous en apprendront toujours. Et moi qui me flattais d'être si bien instruit. Mais, dis-moi, tu ne connaissais pas Emmanuel quand on l'a présenté ici ?

— Hélas ! si mon père, mais bien peu, et

c'est pour cela qu'il s'y fit amener; je l'avais vu une fois, une seule fois à la promenade sous les arbres des Tuileries, vous m'accompagniez mon père, il nous suivit.

— Encore une preuve de ma perspicacité, s'écria le vieux Verneuil; et enfin. . . .

—Enfin, mon père, il se lia avec ce vieux républicain, ce qui lui fut facile car ils avaient la même opinion, il vint ici, et vous devinâtes qu'il m'aimait.

— Oui mon enfant, et je devinai aussi que ton jeune adorateur ne se contenterait pas toujours de ne te voir qu'en présence de ton père, qu'il te demanderait des entrevues secrètes, et je te fis suivre chaque fois que tu sortis; et tiens, mon enfant, puisque nous sommes en train de nous parler franchement, je possède une double clef de ton secrétaire, et, pardonne-le-moi, je lisais toutes les lettres que tu écrivais et que tu recevais.

Louise rougit et baissa les yeux.

—Pardonne-moi, mon enfant, répéta le vieillard, c'était mal, j'en conviens, mais tu as dû à cette tromperie de voir plus long-temps ton amant sans témoins; car, je dois t'en féliciter, il n'y a, dans les lettres de ce jeune homme et dans les tiennes, que de bons et nobles sentimens. Il t'aime, je le crois, mais je ne sais trop que penser de son caractère; je crains qu'il ne soit faible, et facilement entraîné.

Depuis près de deux mois qu'il est revenu à Paris, il ne voit plus Regnaud qu'ici, où même il vient très rarement, et celui-ci garde le silence quand je lui en parle; je sais que c'est sa manière de blâmer les gens qu'il a aimés, et il a bien aimé ton Emmanuel.

Ce soir, nous étions seuls, tu étais auprès de celui que tu aimes, et notre vieux George suivait chacun de tes pas sans que tu t'en doutasses; car je craignais que tu ne courusses quelque danger en allant seule à ce rendez-vous. Oh! ma Louise, continua le vieux concierge, puisses-tu ne jamais connaître ce qu'on souffre de l'imprudence d'une enfant.

Louise baisa les mains de son père, qui reprit :

—Regnaud n'a pas voulu s'expliquer; mais cependant, pressé par mes instances, il m'a promis de me donner beaucoup de détails sur M. de Ternau, ses opinions, sa conduite actuelle;

mais en attendant, mon enfant, je te conseille comme ami, je t'ordonne comme père, d'écrire à ce jeune homme que tu m'as tout confié, et que tu ne le reverras qu'en ma présence. Si, comme je n'en doute pas, il aime ma Louise autant qu'elle le mérite, il viendra avec loyauté la demander à son père; dis-lui que je l'attends.

Le vieux Verneuil, après avoir tendrement embrassé sa fille, la quitta pour aller se reposer. Pour elle il n'y eut point de sommeil; c'est une mauvaise berceuse qu'une imagination jalouse. Le bruit des voitures, celui de la musique, ce brouhaha d'une fête royale, plus que cela, l'image de cette comtesse en plumes flottantes, enlaçant son bras à celui d'Emmanuel, la blessait étrangement, et quand ses yeux appesantis se fermèrent enfin, ils étaient mouillés de larmes.

CHAPITRE X.

Le Boudoir d'une grande Dame.

Louise avait obéi à son père, et le lendemain de sa nuit si agitée et presque sans sommeil, elle avait adressé le billet suivant à Emmanuel :

« Mon père sait tout, Emmanuel ; il sait que » je vous voyais en secret ; il sait que je rece- » vais de vos lettres, que j'y répondais ; et cette

» nuit, pendant que tout entier au plaisir vous
» m'oubliiez peut-être auprès d'une autre, j'en-
» tendais des reproches mérités et une bien
» triste histoire. J'ai promis à mon père de ne
» plus commettre d'imprudence, de ne rien
» faire qui désormais lui puisse faire de la peine.
» Ainsi, mon ami, nous ne nous verrons plus
» qu'en présence de ce bon père; mon cœur
» me dit que ce sera dès ce soir. »

Cette lettre avait trouvé Emmanuel chez lui au moment où il venait faire sa toilette pour se rendre chez la comtesse de Saint-Firmin; elle arrêta ses projets, ou plutôt y jeta une hésitation qui n'était que trop dans son caractère. Se rendre chez M. de Verneuil au milieu du cercle qui l'entourait chaque soir, s'y rendre comme le prétendant de sa fille, c'était arrêter sa carrière, se compromettre, et surtout se perdre entièrement dans l'esprit de madame de Saint-Firmin.

Dans le modeste salon du vieux concierge, se rencontraient des gens du monde, des gens qui allaient partout, qui étaient connus de presque tout Paris. Le père de Louise était généralement estimé, et imposait du respect à des personnes placées dans une position sociale plus élevée que la sienne; beaucoup d'ailleurs connaissaient son rang, et quelques uns lui avaient conseillé de ne plus le cacher.

Eh mon Dieu! leur répondait-il, que voulez-vous que maintenant je fasse dans la société, dans un monde où il faut de l'intrigue et du luxe pour réussir? Une suite de folies, de chagrins, m'ont conduit dans cette position; ma vie fut une longue traverse pour trouver le repos; si je quittais la situation obscure où je suis, il me faudrait une grande fortune; je suis fait à mon sort, une folie m'y a jeté, la raison, la fatigue des événemens m'y retiennent.

C'était ainsi que le vieux Verneuil répondait à ses amis; puis, c'était un homme vis-à-vis duquel on ne pouvait insister beaucoup; son regard calme et un peu sévère inspirait le respect; enfin, ceux qui venaient n'étaient pas fâchés de le voir rester là; il avait de vieux amis, d'agréables connaissances, c'était une lanterne magique que cette maison, et c'était au milieu de tout cela qu'il fallait qu'Emmanuel se présentât, qu'il déclarât ses intentions, qu'il fût jugé par tous les partis; par le vieux marquis de Chavagnac, qui connaissait beaucoup son impérieuse comtesse; par Regnaud, ce farouche républicain, caractère inflexible et tranchant qu'il savait être son rival, quoique sans l'avouer encore; par le chevalier de Cennelère, qui se vantait à chaque instant d'avoir envoyé des *bleus* au ciel ou à l'enfer, peu lui importait, pourvu qu'il les renvoyât de ce bas monde; puis, par un poëte aimable et doux, composant de jolis madrigaux, poëte que par envie on appelait l'inévitable; et aussi par cet autre s'extasiant sur ses propres ouvrages, et que chaque matin on trouvait établi devant les affiches de spectacle, critiquant les pièces de ses confrères, et faisant l'éloge des siennes par ce commentaire prononcé à haute voix :

Diable, diable, il faut dîner de bonne heure pour aller aux Français; on donne Artaxerce ou les Étourdis; il y aura foule!

Puis, un grand nombre de vieux colonels de l'empire, mécontens de tout, parce qu'ils voudraient tout pour eux; des généraux fatigués, parlant encore bien batailles, mais las et ne sachant plus commander.

C'était de vieux récits et de modernes histoires; il y avait presque continuellement cercle chez le vieux concierge, et on lui avait amené jusqu'à la Contemporaine.

Louise s'était élevée au milieu de tout cela, et était restée naïve en devenant spirituelle et un peu moqueuse, elle n'avait pourtant pas été difficile à tromper un peu, car elle aimait assurément Emmanuel; mais malgré l'expérience que lui avait donné le monde au milieu duquel elle avait été élevée, malgré son innocente coquetterie et sa gaîté, Louise pouvait être très malheureuse par l'amour. Enfin c'était une petite personne bien séduisante, et dont Emmanuel était plus sérieusement amoureux qu'il ne le croyait peut-être, et pourtant il ne se sentait pas la force de se présenter ainsi ouvertement devant l'aréopage réuni chez le vieux concierge, et à force de reculer, d'être indécis et malheureux, il se détermina à se croire bien malade; c'était un *mezzo termine* qu'il pensât devoir le tirer d'embarras.

Il écrivit à la comtesse dans ces dispositions; et quand son billet fut parti, billet très froid, parce que l'image de Louise voltigeait autour de lui, et que la grande dame perdait de son prix à mesure que la crainte de ne plus voir la jeune fille s'emparait de lui, et qu'ensuite il se boudait lui-même et voulait se persuader qu'il était cruellement souffrant, il s'enveloppa dans une modeste redingote d'uniforme, posa ses pieds sur les chenets, et réfléchit assez tristement.

Que faisait pendant ce temps la belle comtesse? Piquée du billet de ce jeune fat, c'est ainsi que les grandes dames du noble faubourg y traitent les jeunes gens qui les négligent, la comtesse était partie pour les Bouffes; plus d'une tête s'inclina devant elle; plusieurs dames lui envoyèrent ces aimables sourires, à l'aide desquels elles cachent si bien ou l'envie ou la moquerie, et plusieurs jeunes gens, car beaucoup l'entouraient ordinairement, vinrent lui offrir leurs hommages, parler, en se moquant, du bal de la nuit passée, et se montrer un instant pour aller recommencer ensuite ailleurs leur retentissant bavardage.

Mais, ni ces hommes qui lui plaisaient il y a si peu de jours encore, ni la gaîté communicative de Lablache, ni la voix délirante de Rubini, ne parvinrent à la distraire ; un mal de tête violent s'emparait d'elle, ses nerfs étaient dans une pénible irritation, elle brusqua même peu aristocratiquement son souffre-douleur ; car les grandes dames peuvent ainsi appeler une femme de leur connaissance qu'elles traînent à leur suite quand elles n'ont rien de mieux ; pauvres complaisantes, qui, pour aller partout gratis, doivent être toujours prêtes, constamment habillées, ne doivent avoir ni indisposition ni humeur; ne sont jamais jolies, et rarement spirituelles.

Ce spectacle m'ennuie à mourir, s'écria la comtesse ; et la pauvre complaisante n'entendit pas la fin de l'opéra qui l'amusait. La comtesse rentra, se jetta sur un divan, voulut causer, trouva son amie plus insipide que de coutume, et pensa à se coucher pour abréger le temps ; mais quand l'amour occupe une femme, qui n'est plus jeune du tout, il tient ferme, car il sent que c'est son dernier refuge, aussi la comtesse ne pouvait-elle se calmer.

Elle était jalouse ; quelques bruits sur la fille du concierge étaient venus jusqu'à elle ; une fois son fils avait plaisanté Emmanuel sur une jeune fille blonde et jolie ; décidément il y avait quelque amourette dans le changement si prompt de sous-lieutenant ; lui, si enflammé au bal, si pressant la veille, manquer un rendez-vous.

Elle était peu timide, la grande [illegible] elle fut bientôt décidée. Elle feignit d'avoir besoin de repos, fit reconduire sa modeste amie ; et, comme cela lui était arrivé plus d'une fois, descendit avec sa femme de chambre, se jeta dans un fiacre, et fut bientôt à la porte d'[illegible] ; la femme de chambre [illegible] qu'elle [illegible] permit de commencer [illegible] sa pensée, et peu de minutes après le beau jeune homme était auprès de la comtesse, dans son boudoir, et assez bien près d'elle.

Ce n'était point par un caractère bien ferme, bien arrêté, que se faisait remarquer le jeune de Ferrand. Sans doute il avait de l'honneur, un grand fond de délicatesse, mais au milieu de bonnes et d'excellentes qualités se glissaient, pour ainsi dire, des défauts qui les obscurcissaient. Il n'était pas riche, et il aimait le luxe, le faste, la dépense ; il n'était pas [illegible] il s'en fallait, et il avait de fréquentes querelles, car il était plein de vanité et fort colère ; il était né sensible, mais fort inconstant [illegible] exigeant en amour, [illegible] fort peu fidèle.

capable de belles résolutions et facile à entraîner, vivant de plaisirs et de remords, d'amour véritable et de distractions faciles; véritable contraste bien commun, caractère que n'ont beaucoup de jeunes têtes, et que beaucoup de jeunes têtes possèdent.

Je suis mille fois trop bonne, répétait tendrement la comtesse; vous manquez à un rendez-vous, et remplie d'inquiétude, poursuivie par l'idée que vous êtes souffrant, je brave toutes les convenances, je vous donne mauvaise opinion de moi enfin; mais n'importe, je vous vois.

Emmanuel, qui d'abord avait été plus contrarié que touché de la marque d'amour qu'on venait de lui donner, Emmanuel se sentit pourtant ému de tant de condescendance. La vanité se tait rarement dans une tête de jeune homme; d'ailleurs le moment était favorable; il était embarrassé du parti qu'il allait prendre avec Louise, et il savait presque gré à la comtesse de lui tracer sa conduite.

Ainsi donc, lui dit-elle après de tendres reproches, vous vous laisserez diriger Emmanuel; et, devenu mon ami, elle prononça ce mot en souriant, certain de votre fidélité, vous me laisserez m'occuper de votre sort; votre avenir peut être heureux, brillant même, vous êtes fait pour aller à tout. Si jeune, si beau. . . .

Emmanuel rougit un peu; mais il était placé devant une glace qui répétait sa gracieuse figure, et il passa, avec fatuité, sa main soignée dans ses cheveux blonds. Tout ce qui l'entourait respirait le luxe, la magnificence; une femme belle encore, passionnée, adroite, voulait le conduire à la fortune par une route riante et facile; il jura qu'il aimait, qu'il aimerait pour la vie; et voulant imposer silence à sa conscience, voulant chasser un souvenir presque importun, il parla d'amour avec véhémence, se monta de sa propre émotion, et parvint à s'étourdir entièrement. C'est un écueil dangereux pour la fidélité que la passion d'une comtesse, tout est piége, tout est enivrement; point de ces craintes, de ces difficultés qui laissent le temps de la réflexion; fières de leur rang, de leur fortune, elles peuvent tout employer pour tourner une tête; toutes les séductions ne viennent point d'elles seules; ce ne sont point de naïves et difficiles beautés qu'il faut emporter d'assaut; le boudoir d'une grande dame est une école où il ne faut qu'une séance pour apprendre toutes les ruses de la galanterie, tous les enivremens du plaisir.

Emmanuel ravi se crut de bonne foi passionnément amoureux, quand il sortit, au milieu de la nuit, du boudoir de la comtesse de Saint-Firmin.

CHAPITRE XI.

Le Souper.

Que faisait la jeune et naïve Louise pendant que son infidèle Emmanuel l'oubliait si complètement auprès de la comtesse? Elle faisait ce qu'on fait quand on aime : elle attendait, elle espérait; d'espérances en attentes, d'attentes en espérances, elle vit ainsi s'écouler la soirée. Son bon père la regardait avec inquiétude, mais ne lui faisait aucune question, car ils n'étaient point seuls. De vieux amis, d'anciennes et de nouvelles connaissances étaient rassemblés dans le modeste salon du concierge.

Comme partout, on discourait beaucoup, on redressait bien des torts, chacun croyait que son avis était le meilleur, et on se sépara sans s'être persuadé; cependant il resta près du concierge et de sa fille le vieux marquis de Chavagnac, type vivant de l'ancien régime, honnête homme avec tous les préjugés de la naissance; convaincu que la France ne marcherait jamais bien tant qu'on ne rendrait pas à la noblesse tous ses priviléges : vieux galant de soixante-seize ans, encore vert et dispos, cachant quelques années avec toute la prétention d'une coquette, et pourtant oubliant cette faiblesse pour vous citer des faits dont il avait été témoin il y avait plus d'un demi-siècle.

Ce soir là, c'était le plus causeur de la société; le farouche Regnaud, qui était aussi demeuré, gardait un sombre silence. La conversation était devenue peu à peu sombre, mélancolique. Louise, malheureuse de l'absence de son amant, jetait de temps en temps dans la conversation de ces mots de femme pleins d'un découragement qui s'effacerait à l'instant si l'objet qui le cause paraissait. Le vieux Verneuil était sérieux, il devinait que sa fille souffrait, et cette tristesse lui rappelait la douleur qu'avait ressentie jadis Antonie. Le marquis de Chavagnac était donc bien arrivé avec ces vieux récits du temps passé; récits souvent redits, mais toujours véridiques.

Ce soir là il venait de répéter au moins pour la troisième fois :

— Mon cher Verneuil que vous avez dû voir de choses depuis que vous êtes concierge de ce château? Jamais pourtant vous ne nous avez dit qui vous avait conduit à cette position obscure et qui vous y fait rester.

— Un jour, cher marquis, un jour vous saurez tout cela, répondit Verneuil; pour aujourd'hui j'aime mieux vous entendre.

— Mais vous savez presque toutes mes vieilles histoires, et je crains de me répéter: cependant je ne me souviens pas de vous avoir raconté une tragique aventure qui laissa une forte trace dans ma vie.

C'était en 1775, j'avais alors vingt ans, je venais d'entrer dans les chevau-légers, et mon père m'avait marié presque malgré moi; car on avait alors l'usage de ne pas consulter ses enfans. Mon père qui était d'ailleurs un habile courtisan avait surpris un désir du monarque que j'épousasse une petite-nièce de la favorite. C'était l'époque de la haute faveur de madame Du Barry.

Aussi mon père s'était-il peu inquiété si je voulais me marier, si ma femme me plaisait, si nous nous aimerions. Mais j'étais à l'âge où l'on rêve l'amour même dans le mariage. Je me croyais susceptible de ressentir une grande passion, enfin j'étais plein d'illusions, et me marier ainsi par obéissance m'avait causé un véritable chagrin. Depuis je suis bien revenu de ces rêveries qui ne sont, à vrai dire, que des hochets d'enfans, je ne crois plus à l'amour.»

Ici, malgré sa mélancolie, Louise ne put s'empêcher de sourire, car ces mots dans la bouche du vieux marquis lui semblaient presque ridicules; M. de Chavagnac s'aperçut de ce sourire malin, il laissa là sa discussion sur les passions et reprit :

La cour était à Versailles, et le château des Tuileries était rarement habité par elle, cependant le jardin, ainsi que celui du Palais-Royal, étaient le rendez-vous de la bonne compagnie. Il y avait au bas de la terrasse du pont tournant un petit labyrinthe, où se donnait, disait-on, plus d'un tendre rendez-vous. Je ne savais tout cela que par ouï-dire, car je n'étais nullement un homme à bonne fortune, et mon mariage m'avait rendu encore plus circonspect sur cet article ; mais un soir, au lieu de retourner à Versailles où madame de Chavagnac habitait avec mon père, j'acceptai l'invitation de plusieurs de mes camarades, et fus avec eux faire un souper de garçon, chez un cabaretier qui tenait son bouchon dans une petite rue qui traversait derrière le couvent des Feuillans.

Alors ces messieurs n'affichaient pas ce luxe de cristaux, de lumières, de salons; on soupait gaîment sur de grossières tables et on s'enivrait dans des verres très communs. C'était ce qui nous était arrivé, et je sortis du souper où je m'étais laissé entraîner, dans un état voisin de l'ivresse. M. de Dillon, mon camarade, m'avait quitté au coin de la rue Saint-Honoré, et j'allais coucher chez Reynard baigneur, qui demeurait alors sur le terrain où l'on a élevé depuis l'hôtel de MM. les gardes-du-corps. Il me fallait traverser la place du Carrousel qui était bordée d'un côté d'édifices d'une architecture sombre et sévère, ces bâtimens faisaient face à ceux des Tuileries qui, nullement éclairés et placés ainsi dans l'obscurité, ne paraissaient qu'une imposante masse noire.

Il y avait quelques vieux arbres demeurés, on ne sait pourquoi, près du château, et un petit mur, à hauteur d'appui, était à la place de la superbe grille qui sépare aujourd'hui le château de la cour du Carrousel. Cet édifice alors mal entouré ne présentait pas l'aspect noble et majestueux qu'il a pris depuis. Cependant c'était déjà presqu'un poëme que le château de nos rois; mais des taches de sang n'en avaient pas encore, pour ainsi dire, numéroté toutes les pierres.

J'allais donc traverser la place du Carrousel, et quoique sorti fort gai de mon souper, la vue du château ne manqua pas son effet accoutumé, ma gaîté disparut. Je marchais doucement le long du petit mur d'appui que je vous ai décrit, quand je sentis quelque chose de mouillé, de gluant arrêter mes pas, et, après avoir vainement essayé de me retenir, je glissai sur mes genoux et tombai à terre. Pour me relever j'y appuyai ma main, mais je la retirai avec effroi, car je venais de sentir qu'elle s'était appuyée sur la froide figure d'un cadavre.

Aucun bruit ne frappait l'oreille autour de moi, la sentinelle qui veillait à la porte du château était éloignée. On n'entendait que le bruissement sourd et monotone des arbres placés de distance en distance dans la cour, et dont un vent assez violent agitait les antiques branches. C'était une scène triste, effrayante, et je dois avouer que j'eus peur, aussi tirant mon épée et me relevant avec promptitude, je me mis à fuir sans regarder derrière moi : j'arrivai ainsi essoufflé et rempli d'émotion jusqu'au premier guichet du quai, où était attaché un reverbère qui éclairait faiblement.

Je regardai mes mains, je les vis pleines de sang, mes hauts-de-chausses étaient aussi tachés, j'avais l'épée à la main; rencontré de cette sorte, j'aurais pu être pris pour un assassin, et un sentiment d'effroi bien naturel se présenta à moi à l'idée de me montrer ainsi chez Reynard le baigneur.

Que lui dirai-je ? il me connaissait à peine ; notre corps passait pour être ferrailleur ; M. de Dillon m'avait quitté très près du lieu où j'avais trouvé ce cadavre ; enfin, soit que les fumées du vin ne fussent pas dissipées, soit que je visse mal cet événement, je me troublai, et pour éviter un danger, je me jettai dans un autre.

Les quais n'étaient pas ce qu'ils sont devenus depuis ; ils étaient alors formés de pierres grossières que des troncs d'arbres soutenaient, et qui formaient parapet ; j'en suivais un au hasard quand je vis venir devant moi, et courant avec rapidité, une espèce de fantôme habillée de noir, svelte et légère comme une ombre ; elle était poursuivie par un homme que je distinguai mal, seulement on voyait briller dans sa main menaçante une épée nue. Dans le premier moment, je m'étais machinalement rangé de côté ; mais si un instant auparavant j'avais craint de passer pour un assassin, je n'étais pourtant pas un lâche ; jamais je n'avais refusé secours ou protection au malheur, et sans prévision, sans raisonnement, je me jetai au devant de cette épée nue qui semblait chercher une victime; elle se croisa avec la mienne, nous ferraillâmes quelques momens, mais j'eus bientôt blessé mon adversaire, il tomba à mes pieds en proférant d'horribles juremens auxquels il mêla le nom d'Henriette d'Entragues. Au milieu de mon trouble, j'entendis parfaitement ce nom de d'Entragues qui me frappa d'autant plus que c'était aussi celui d'un de mes camarades.

Je revins sur mes pas pour offrir des secours à l'infortunée poursuivie, je la trouvai étendue sans connaissance, la tête couverte de longs cheveux humides et souillés de sang, car elle était tombée sur les pierres aiguës qui formaient le parapet.

En achevant ces mots la figure de M. de Chavagnac prit une expression de profonde mélancolie, le stoïque Regnaud commença à montrer quelque intérêt, et après un moment de silence, Louise supplia le marquis de continuer son récit.

CHAPITRE XII.

La Bastille.

Quelle étrange nuit, quel étrange événement, continua M. de Chavagnac! J'avais redouté d'être pris pour un assassin, et j'étais venu me jeter dans un danger bien autrement imminent. Qu'allais-je faire de cette femme qui était tombée mourante à mes pieds?

Mes yeux qui commençaient à s'accoutumer à l'obscurité, me firent distinguer que celui que j'avais tué ou au moins grièvement blessé, était revêtu d'un uniforme étranger; mais qui étaient-ils l'un et l'autre? J'avais relevé l'inconnue, et par un mouvement tout naturel, je l'avais emportée loin du lieu de combat, et machinalement je me dirigeai du côté des Tuileries.

A l'exception de quelques appartemens occupés par le roi et sa famille, durant les rares voyages qu'ils faisaient à Paris, le château n'était habité que par un gouverneur qui avait la police du palais et de son enceinte. J'avais souvent entendu parler d'un grand régistre, où il faisait inscrire jour par jour ce qui s'y passait. J'étais donc à peu près certain qu'on saurait le lendemain quelques détails sur le cadavre que j'avais trouvé près de la cour du château.

Je ne sais pourquoi je me persuadai que cette circonstance avait quelque rapport avec ma jeune inconnue et son persécuteur; enfin ne sachant quel parti prendre, et poussé par un sentiment de prudence bien funeste, je marchai droit au château.

Le factionnaire fit d'abord quelques difficultés pour me laisser passer et fut aussi effrayé que surpris de me voir porter une femme mourante dans mes bras. J'insistai pour parler au gouverneur, on le réveilla, et je fus introduit.

Le comte de Sardes, qui en remplissait les fonctions à cette époque, était ce qu'on appelait alors et encore aujourd'hui un bretailleur, un chercheur de querelles, ce que dans le grand monde on nommait et on nomme toujours un aimable roué, c'était une réputation qui au reste était loin de nuire sous le siècle de Louis XV : aussi M. de Sardes était parfaitement bien en cour.

En entrant dans l'appartement où il me reçut, je laissai presque échapper de mes bras le fardeau dont je m'étais chargé, et à la lueur de plusieurs flambeaux je vis alors avec admiration une femme dont je n'essayerai pas de décrire la beauté. Je suis vieux, le temps de l'enthousiasme est passé; mais je crois que j'en mettrais encore, si je tentais de vous la peindre. Malheureusement je ne fus pas le seul sur qui cette beauté produisit un effet extraordinaire et rapide : le comte de Sardes resta immobile d'admiration en la contemplant.

Elle portait l'habit de l'ordre des Bénédictines ; son voile s'était détaché, ses longs cheveux tombaient sur son habit noir en lambeaux, et pourtant au milieu de ce désordre, elle était ravissante.

D'où avez-vous enlevé cette religieuse, me dit M. de Sardes en me regardant avec hauteur?

Il est probable, monsieur le Comte, répondis-je du même ton, que si je n'avais pas voulu le dire, je ne serais pas venu ici.

Et je lui fis le récit fidèle de tout ce qui m'était arrivé pendant cette nuit extraordinaire. On envoya promptement à la place que j'avais désignée près de la muraille du Carrousel, mais on n'y trouva qu'une longue traînée de sang. On courut où j'avais dit que s'était passé mon duel, mon épée seul y était demeurée.

Quand la jeune religieuse fut revenue de son évanouissement, on voulut l'interroger, elle ne répondit que par des sanglots et des paroles incohérentes, qui prouvaient que la scène où elle avait été témoin et actrice, la frayeur et la douleur lui avaient ôté l'usage de la raison.

Cependant le gouverneur la regardait avec des yeux ardens et passionnés. Moi, j'avais vingt ans, une imagination vive, un cœur qui ne demandait qu'à s'enflammer, et une haîne profonde pour M. de Sardes entra dans mon âme avec une autre passion plus douce, mais non moins impérieuse.

Le comte ordonna qu'on portât la jeune religieuse dans une chambre et qu'on en eût le plus grand soin, puis se tournant vers moi, il me dit :

Vous trouverez bon, monsieur, que jusqu'à de plus amples renseignemens je ne vous rende pas votre liberté.

J'essayai quelques observations, elles furent inutiles, et je me bornai alors à le prier de faire prévenir mon colonel et ma famille.

Je fus conduit dans une salle basse où je passai trois jours sans voir personne et sans savoir ce que je deviendrais. Hélas ! ce n'était pas ma plus vive inquiétude, l'image de celle que j'avais sauvée, et que, comme un enfant, j'avais peut-être conduite dans les bras d'un rival me tourmentait bien autrement que la privation de ma liberté. Dussai-je passer pour un fou à vos yeux, je dois vous l'avouer mes amis, j'étais devenu, dans l'espace de quelques heures, amoureux et jaloux comme un insensé. La troisième nuit de ma captivité on vint me chercher; je crus que c'était pour me confronter avec les persécuteurs de ma belle inconnue; je crus tout excepté ce qui allait m'arriver.

On me fit traverser une longue route qui aboutissait dans le jardin; on ouvrit une porte basse, on me fit passer par la grille du pont-tournant, et une voiture entourée d'exempts me conduisit.... Où?...

A la Bastille.

J'y restai un an; oui, mes amis, un an dans une prison solitaire, sans consolation et presque au secret. Je ne vous détaillerai ni mes angoisses, ni mes privations, assez d'autres ont décrit le régime et les tourmens de la Bastille. J'en sortis sans avoir été interrogé ni jugé; j'en sortis parce que Louis XV venait de mourir, que M. de la Vrillère avait perdu son crédit, que mon père venait aussi de succomber à son grand âge, et qu'enfin ma femme était lasse d'être épouse sans mari.

Quand les portes de la Bastille s'ouvrirent, on m'annonça que je ne faisais plus partie des chevau-légers, et on m'ordonna de me rendre dans ma terre en Normandie où ma femme m'attendait. Elle me reçut avec une joie mêlée de dignité, et lorsque je voulus l'interroger sur mon injuste et longue détention, elle me répondit par des exclamations mêlées de reproches et d'indulgence. J'eus peine à comprendre, et je ne le compris même qu'à demi, que j'avais été aussi sévèrement traité parce que j'étais accusé d'avoir enlevé une religieuse, et de m'être battu avec deux de ses protecteurs.

Ma femme me débita à ce sujet une foule d'absurdités, dont j'essayai vainement de lui démontrer la fausseté. Mais elle me faisait la grâce d'être amoureuse de moi, et se croyait, je pense, très généreuse de ne m'accabler que de la moitié des reproches qu'elle était persuadée que je méritais ; ce qui rendait notre intérieur peu agréable et m'engageait à m'éloigner aussi souvent que possible.

Je faisais donc de fréquens voyages, et ne pouvant aller à la cour, où j'étais m'assurait-on, très mal vu, je passais la moitié de ma vie en pays étrangers.

On commençait à parler avec peu de respect de la cour de France ; on murmurait hautement que le nouveau roi prenait une fausse marche, et que la reine l'aidait gaîment à perdre sa couronne. Enfin la révolution avec ses crimes, sa justice, ses malheurs, ses espérances, arrivait à pas de géant.

Je revenais de temps en temps dans ma terre où ma femme s'était fixée; à cette époque un de mes parens me proposa de m'accompagner à la cour, et me représenta que le roi commençant à être malheureux, je devais m'y montrer; j'y consentis, et un matin je me trouvai sur le passage de S. M. C'était la dernière année qu'on lui permit de rester à Versailles. Il me regarda, et ayant demandé mon nom, se détourna brusquement; mais la reine, avec cette grâce charmante qui lui attirait tous les cœurs, me fit un signe d'encouragement, et parla bas au roi.

En rentrant je reçus une invitation, pour le soir même, à une réunion chez la princesse de Lamballe.

La reine y était; elle m'engagea à lui raconter, avec une entière vérité, l'aventure qui m'avait valu la Bastille. Je n'omis pas un mot, pas une circonstance.

Quoi! s'écria la reine, vous ne connaissiez pas cette religieuse? Vous n'avez pas tué votre rival; et blessé le père de cette jeune femme?

Je l'assurai que non, et j'osai l'interroger à mon tour; hélas! je n'appris rien, que d'étranges calomnies sur mon compte. Cette belle et jeune femme était disparue, sans que jamais on eût appris ce qu'elle était devenue; même sa famille, ni la maison religieuse d'où elle avait été enlevée, ne savaient rien de son sort.

Tout était mystère dans cette aventure qui long-temps attrista ma vie; car il faut l'avouer, pendant bien des années je conservai le souvenir de cette beauté admirable que je n'avais pourtant vue qu'un instant. Le caractère de ma femme, son manque de confiance, ses reproches continuels, m'avaient empêchés de m'attacher à elle comme je l'aurais voulu, mais le cœur ne marche pas toujours avec la raison. En sortant de la Bastille, j'avais cherché le comte de Sardes; il était passé en pays étrangers, aux eaux, dans ses terres, on ne pouvait enfin me dire ce qu'il était devenu.

Ce qu'il y avait de certain, c'est qu'il était assez mal en cour depuis la mort du vieux roi;

cela datait de l'époque qui m'avait été si funeste. C'était un bien triste souvenir pour moi que celui de cette nuit, et je n'étais jamais revenu à Paris sans jeter un regard de mélancolie vers le château des Tuileries; et même encore aujourd'hui, que tant d'années ont passé sur ma tête, je me reporte souvent au moment où je montais péniblement l'escalier du pavillon de Flore, portant dans mes bras cette jeune beauté que je croyais sauver. Hélas! je devais apprendre bientôt à quelle triste fin je l'avais conduite.

L'année qui suivit ma réhabilitation auprès de Louis XVI, il fut forcé de quitter Versailles pour venir au château des Tuileries; je l'y accompagnai; mais ce n'était plus un roi qui habitait le palais de ses ancêtres, c'était le prisonnier de la nation, prisonnier auquel on avait laissé l'effigie de la royauté, mais qui ne possédait que cette apparence; aussi, ceux qui l'aimaient pour lui, ceux qui ne l'avaient point abandonné, qui au lieu d'aller lui chercher des défenseurs à l'étranger s'étaient groupés autour de lui, ceux-là l'admiraient dans l'intimité, et avouaient que, s'il n'avait pas ce qui fait un grand roi, il possédait toutes les vertus d'un honnête homme.

Louis XVI n'était pas fait pour commander à des Français qu'il faut conduire avec une verge de fer, cachée sous des lauriers et des trophées de gloire; peuple léger, quoi qu'il en dise, à qui souvent il faut apprendre la raison, si ce n'est la générosité ou le courage.

Non, Louis XVI n'était pas fait pour régner; mais c'était un homme bon et juste, il avait d'excellentes intentions, et a su bien mourir. Du reste la dignité ne lui manquait pas; que de fois je l'ai vu regardant avec calme tous les visages effrayés sans éprouver la plus légère émotion, et aller dormir tranquillement, tandis que nous entourions la reine, qui ne pouvait trouver le repos, tant elle tremblait pour lui et pour ses enfans.

Louis XVI n'était pas fait pour commander à des Français qu'il faut conduire avec une verge de fer, cachée sous des lauriers et des trophées de gloire; peuple léger, quoi qu'il en dise, à qui souvent il faut apprendre la raison, si ce n'est la générosité ou le courage.

Non, Louis XVI n'était pas fait pour régner; mais c'était un homme bon et juste, il avait d'excellentes intentions, et a su bien mourir. Du reste la dignité ne lui manquait pas; que de fois je l'ai vu regardant avec calme tous les visages effrayés sans éprouver la plus légère émotion, et aller dormir tranquillement, tandis que nous entourions la reine, qui ne pouvait trouver le repos, tant elle tremblait pour lui et pour ses enfans.

CHAPITRE XIII.

La Découverte.

Cependant, continua M. de Chavagnac, le courage et le sang-froid que montrait le roi, n'étaient rien auprès de la résignation touchante et douce de la reine. Devant le roi elle affectait même une sécurité qu'elle était loin d'avoir; mais quand elle se trouvait seule avec les intimes, avec ceux qui ne l'avaient point abandonnée, elle osait montrer toutes ses inquiétudes.

Un soir, ou plutôt une nuit, nous étions en petit nombre, car déjà la cour d'Antoinette était bien diminuée ; le roi s'était retiré résigné mais fatigué. Une nuit donc, quelques jours avant le dix août, nous causions tristement du malheur des temps, et la reine, pleine de sombres pressentimens, laissait échapper de ces phrases qui peignent toutes les inquiétudes d'une âme de mère ; avec nous la princesse de Lamballe, madame Jules de Polignac, le beau Vaudreuil, Dillon et moi, elle était seulement femme et avouait toutes ses faiblesses.

Mais madame, s'écria madame de Polignac, pourquoi du moins ne pas mettre en sûreté vos bijoux, vos papiers, en les plaçant dans ce cabinet voisin et introuvable; car je parie que, parmi tous ceux qui sont ici, personne ne saurait deviner l'existence d'une retraite assez sûre et assez grande pour pouvoir, à la rigueur, nous contenir tous.

Nous pariâmes, et cette conversation, qui d'abord avait pris une tournure si sérieuse devint presque badine; Marie-Antoinette riait même de bon cœur de nos vains efforts, et le point du jour, qui arrive de si bonne heure en été, paraissait déjà que nous n'étions pas plus avancés.

Renoncez-vous, dit madame de Lamballe; en ce cas là, avec la permission de S. M., et si vous voulez faire une somme un peu ronde, pour une pauvre famille que la reine soutient avec peine depuis qu'elle n'est plus riche, je vous montrerai la cachette.

Bon nombre de pièces d'or tombèrent à la fois dans les mains de la princesse qui, s'approchant d'une cloison devant laquelle nous avions passé cent fois, enfonça son doigt dans une raînure et fit séparer deux panneaux, qui nous laissèrent apercevoir un grand cabinet noir, n'ayant ni vue ni sortie nulle part; ce cabinet contenait quelques chaises, une petite table, et une grande armoire fermée.

Nous y étions tous entrés les uns après les autres, la reine même venait de nous y suivre, et de nous répéter que nous seuls après elle et le roi, connaissions cette cachette; que par conséquent elle y déposerait sans crainte des papiers précieux et ses diamans. Nous comptions exécuter ce projet la nuit prochaine, quand S. M. observa que ce cabinet avait une odeur fétide et cadavéreuse ; chacun donna une raison à cette circonstance, cependant la reine et madame de Polignac finirent par y trouver un motif inquiétant.

Plus on enfonçait dans le cabinet, plus l'odeur devenait infecte ; elle semblait venir de la grande armoire fermée, elle l'était hermétiquement, et nous employâmes vainement pour l'ouvrir la force de nos bras et la lame de nos épées. Mais comme le jour devint tout-à-fait grand, nous nous retirâmes, en nous promettant de nous réunir la nuit prochaine, pour tâcher de forcer l'armoire, et plus encore pour déposer dans le cabinet ce que la reine avait intérêt de cacher. Nous nous retirâmes tous pour dormir quelques heures ; mais moi j'eus beaucoup de peine à trouver un peu de repos, et le sommeil que je goûtai fut troublé par d'affreux songes.

Tantôt je me croyais encore sous les tristes et froides murailles de la Bastille ; tantôt je sentais mes mains mouillées de sang, comme la nuit où j'avais trouvé la religieuse; ou bien encore, plus cruellement tourmenté, il me semblait tenir sur mon cœur ce beau corps de femme que je n'avais pressé qu'un instant, et que pourtant je n'avais pu oublier; je me réveillai couvert de sueur et très mal à mon aise.

La journée était déjà avancée, et quand le soir je me présentai chez madame de Lamballe, on me reprocha de ne pas avoir paru le matin chez le roi. C'était un devoir auquel les sujets qui lui étaient restés fidèles ne devaient pas manquer, car chaque instant amenait de nouveaux malheurs et de nouvelles défections. Le jour même, on avait fortement alarmé le roi sur les projets de la municipalité.

Louis XVI ignorait complètement l'art de gouverner; on lui avait tour à tour imposé des ministres qui ne convenaient ni à son caractère louvoyant, ni à la France agitée. La noblesse l'avait presque entièrement abandonné, et celle qui était restée auprès de lui prouva, le 10 août, qu'elle savait mourir, mais ne savait pas lui donner les conseils qui pouvaient le sauver.

Hélas! Ceux qu'il avait reçus depuis qu'il était sur le trône lui avaient été bien funestes; l'indolence et la moquerie de M. de Maurepas, la fatuité et la prodigalité de M. de Calonne lui avaient singulièrement nui; l'économiste Turgot acheva de ruiner la France, l'illuminé Saint-Germain, le protestant Necker, le tolérant Malesherbes n'étaient pas de caractère à la sauver. Le vaisseau de l'État prêt à faire naufrage aurait exigé un pilote plus sûr et une main plus ferme que celle si délicate et si changeante d'une femme. Car, il faut l'avouer, avec les meilleures intentions du monde, le crédit que la reine avait sur le roi nuisait extrêmement aux affaires.

Le soir qui suivit la découverte du cabinet, Sa Majesté était encore plus triste que la veille par suite des alarmes du matin; le roi avait eu de ces coups de boutoirs, comme disait insolemment M. de Maurepas, et ces boutades, depuis quelque temps, tombaient fréquemment sur la reine. Elle en avait beaucoup souffert le jour même, et en réunissant nos efforts pour la consoler et la distraire, nous oubliions même le mystérieux cabinet.

Deux heures du matin sonnèrent, la reine parla la première de la cachette, nous y entrâmes et fûmes droit à l'armoire. La chaleur était si forte que même la nuit on en souffrait, et l'odeur nous parut bien plus insupportable que la veille. Long-temps encore nous fîmes de vains efforts pour ouvrir la porte, nous allions enfin y renoncer, quand Dillon s'avisa de passer son épée entre deux planches mal jointes, la lame se rompit et fit en même temps un trou à l'armoire, il en sortit aussitôt une odeur si fétide, que nous suppliâmes la reine et ses dames de se retirer; elles s'y refusèrent.

Nous redoublâmes d'efforts, enfin la porte céda, et nous tombâmes presque sans connaissance; Sa Majesté et madame de Lamballe nous inondèrent d'eaux spiritueuses, nous brûlâmes des parfums, et armés de flambleaux nous visitâmes l'armoire. D'abord nous n'aperçûmes qu'un grand coffre assez mal fermé; cette fermeture que je soulevai tomba en pourriture, et me laissa remarquer quelque chose de noir et d'informe. Dillon et moi nous tirâmes le coffre.

Mais je jetai un cri de terreur et de désespoir; car c'était un cadavre qui était étendu dans ce coffre, et à la robe de laine en lambeaux, aux longs cheveux blonds souillés de sang, au voile presque entièrement détruit, mais plus encore au chapelet et à la croix d'or restés intacts, je reconnus l'infortunée que j'avais amenée il y avait seize ans dans ce château funeste, où j'avais cru lui trouver un asile et un protecteur. Mais c'était, je n'en pouvais plus douter, un bourreau qu'elle y avait rencontré, car sur ce squelette, presque en poussière, on retrouvait encore la marque de plusieurs coups de couteau.

Quel horrible spectacle, quelles sombres réflexions passèrent en ce moment dans mon esprit; il me semblait que j'avais encore devant les yeux cette belle femme si fraîche et si parfaite, et c'était moi qui était cause de sa perte, moi, dont cependant elle avait été le premier, l'unique amour.

J'avais raconté cette triste aventure, ainsi que la reine me l'avait ordonné; elle s'écria la première que le comte de Sardes était sans doute l'assassin de la belle religieuse. Mais on ne songeait ni à l'atteindre, ni à le punir, moi seul je pouvais lui demander raison du sang qu'il avait versé et de mon injuste captivité. Je le pouvais, mais ce n'était point dans un moment où abandonner le roi eût été un crime.

Bientôt Sa Majesté, mal conseillée, partit pour Varrennes et ne rentra plus dans ce fatal château où tant de crimes se sont commis. Au 10 août, j'avais été blessé, et pendant deux ans je demeurai presque estropié.

Enfin, arriva le moment où je pouvais quitter la France sans honte et avec empressément; Louis XVI, la reine, madame Elisabeth, avaient été *légalement* assasinés; ma femme était partie pour l'émigration; elle ne m'écrivait plus, et quoique assez indifférent pour elle, je résolus pourtant de savoir la cause de son silence; je me rendis en Hollande, où sa dernière lettre m'avait annoncé qu'elle allait s'établir.

CHAPITRE XIV.

Le Mari et l'Amant.

En sortant de la France, naguère encore si brillante et si gaie, maintenant souillée par le sang non seulement d'un roi, mais d'un homme de bien, en mettant le pied sur un sol étranger, je ressentis ce que je n'avais jamais éprouvé, continua M. de Chavagnac, j'étais las de malheurs, d'agitations, de révolutions; mais je vous ai déjà plusieurs fois raconté de quel coup je fus frappé au moment de cette catastrophe terrible qui renversa un trône.

Bien des plumes ont écrit sur la Révolution, et ce n'est point dans nos causeries amicales que j'irai vous redire ce que vous savez tous aussi bien que moi; seulement il me revient parfois de ces épisodes de ma longue existence, qui se représentent inattendues à mon imagination, souvent empreintes de tristesse et de malheurs, quelquefois moins sérieuses, et je raconte alors sans autre but que celui de vous distraire.

Tous les assistans assurèrent le marquis qu'ils l'entendaient avec le plus grand plaisir, seulement Louise sortit doucement de l'appartement; elle avait jusque là contenu son chagrin et son désappointement de ne pas voir arriver Emmanuel, onze heures étaient passées, elle ne pouvait plus espérer de le voir venir, elle s'en fut cacher ses larmes qu'elle ne pouvait plus retenir.

— Notre Louise est bien triste, dit le marquis avec intérêt, est-ce qu'il y aurait quelque commencement de passion dans sa jolie tête; prenez-y bien garde, les hommes de ce siècle ne valent pas mieux en amour que ceux du temps passé.

— J'espère que Louise ne court aucun danger, répondit le vieux Verneuil, et qu'elle sait ce qu'elle se doit ; mais mon cher M. de Chavagnac vous oubliez que vous nous avez laissé sur le chemin de la Hollande.

— C'est vrai, c'est vrai; je le suivais en effet, m'ennuyant beaucoup sur ces longues et plates chaussées toujours environnées d'eau ; aussi les traversai-je rapidement pour arriver à Rotterdam. C'était de là que ma femme m'avait écrit sa dernière lettre, je fus trouver le banquier chez qui jusqu'alors je lui avais fait passer des fonds, et tout impatient que je fusse, force me fût de prendre patience ; car il me pria très posément de m'asseoir, et continua une conversation et un compte commencés avec un de ses flegmatiques compatriotes ; quelle que fût mon ennui, il fallut me résigner à ne savoir qu'au bout de deux heures que madame de Chavagnac avait quitté Rotterdam avec un de ses parens.

Le tranquille banquier ne put me dire au juste ce qu'elle était devenue, il m'assura seulement qu'elle avait emporté tous les fonds qui étaient déposés chez lui.

Ne sachant trop que faire dans cette circonstance, ne sachant de quel côté tourner pour chercher ma femme, car, quoiqu'elle ne fût pas positivement nécessaire à mon bonheur, je commençais à vieillir, à sentir le besoin d'un intérieur, et je désirais me rattacher à ce qui me restait; enfin sans être précisément malheureux de la disparition de madame de Chavagnac, j'en étais assez contrarié pour ne pouvoir m'occuper d'autre chose, je rentrai à mon hôtel pour décider ce que j'allais faire.

On n'y parlait pas un mot de français. Un garçon m'apporta le livre des voyageurs pour que j'y inscrivisse mon nom. J'allais me rendre à son invitation quand je fus arrêté par ces mots récemment tracés :

La marquise Antoinette de Chavagnac, née de Ludre; le comte Anathole de Sardes. Je me levai précipitamment, et montrant les noms au garçon, je réussis à lui faire comprendre que je voulais voir les voyageurs que je lui désignais.

Après bien du temps et des peines, nous nous entendîmes enfin, et je parvins à savoir que ma femme était partie le matin même pour La Haye, avec M. Anathole de Sardes son cousin : on me montra les appartemens qu'ils avaient occupés, ils étaient voisins, et donnaient l'un dans l'autre.

Je n'avais jamais entendu dire que M. de Sardes fût le cousin de ma femme, et ce nom qui d'abord ne frappait que désagréablement mon oreille, me rappela peu à peu un souvenir douloureux, et me disposa assez mal contre ce cousin que je ne connaissais pas du tout.

Et à propos de cela, continua le vieux marquis en souriant, je ne suis pas fâché que votre Louise se soit retirée, car j'ai à raconter une de ces grandes calamités dont la connaissance n'est pas utile à une jeune fille.

Je partis le soir pour La Haye, me croyant à peu près certain d'y retrouver ma femme; mais pendant deux jours entiers je parcourus tous les hôtels, je fus même chez quelques Français établis dans la ville, personne ne put me donner des nouvelles de la marquise. Je poursuivis ma route jusqu'à Amsterdam; recherche encore inutile et nouveau désappointement.

Cependant un compatriote, négociant, m'assura qu'on lui avait présenté la veille même un billet où il avait lu le nom de Chavagnac, mais que cette traite était payable chez un de ses confrères portant le même nom que lui et qui demeurait à Saardam.

Je me rendis à Saardam ; c'était une assez singulière vie que la mienne, courant ainsi après ma femme qui ne s'arrêtait nulle part, et plus tourmenté que je ne voulais me l'avouer de ce cousin Anathole qui me semblait entré bien tard dans ma famille. Ou je n'étais plus assez jeune pour rire de ce qui ne m'aurait rien fait jadis, ou le bien qui nous fuit, prend-il un prix nouveau. Le fait est que j'étais fort ému en approchant de cette petite ville illustrée par l'apprentissage de Pierre-le-Grand, mais je ne pensais guère à lui, quoique nous eussions, je le craignais du moins, un point de similitude dont j'étais peu flatté.

Je volai chez le banquier qu'on m'avait indiqué, et je sus qu'il avait payé le matin même, à une grande et belle femme, accompagnée d'un élégant jeune homme, une traite au nom de Chavagnac. Le banquier ignorait s'ils étaient encore à Saardam, mais il ne le croyait pas ; je me mis à parcourir sans succès les hôtels, et j'allais me rembarquer quand on me pressa de visiter auparavant la maison qu'habitait Pierre-le-Grand : je me souciais peu de voir une mauvaise barraque de bois qui aurait pu piquer ma curiosité dans un autre moment, mais je pensais trop alors à madame de Chavagnac et à son inséparable cousin.

Cependant je devais encore retrouver leurs traces, les curieux qui visitent la maison où vécut le grand homme, écrivent leur nom sur un livre ; j'y lus encore ceux de ma femme et de son inséparable compagnon de voyage, mais nulle autre indication. De retour à Amsterdam, ils n'y étaient déjà plus : je suivis leurs traces à Utrecht, à Arnheim, par toute la Hollande ; je visitai même, entre ces deux villes, l'asile des quakers ou plutôt des hernheutters, réunion de jongleurs plutôt que de religieux, qui exploitent la curiosité des voyageurs qu'ils trompent et rançonnent.

Je revis Bruxelles, toujours courant après ma femme ; c'est ainsi que je traversai Gand, Lille, Cambrai, toute cette triste Flandre. Enfin je perdis ses traces à Saint-Quentin, mais il était à croire qu'elle revenait à Paris. Qui pouvait lui faire affronter un pareil danger ; me fuyait-elle, me savait-elle sur ses traces?

C'étaient des questions que je ne pouvais encore résoudre, mais qui me plongeaient dans un état tout extraordinaire.

Courant toujours, inquiet, jaloux malgré moi et me croyant joué, j'éprouvais pour ma femme ce que je n'avais jamais ressenti. Je me rappelais sa figure qui, dans le temps, m'avait paru fort peu remarquable, son amabilité qui m'avait peu séduit, et cependant tout cela aujourd'hui montait mon imagination, et je dois l'avouer, puisque je veux tout dire, je pleurais presque de dépit de ne pouvoir rejoindre celle que j'avais fui si souvent. Misérable contradiction du cœur auquel les moralistes n'ont rien compris, et que, pas plus qu'un autre, je ne tenterai de vous expliquer!

Il me restait l'espoir que si ma femme était à Paris elle chercherait à me voir; d'un autre côté, songeant qu'elle n'était point rayée de la liste des émigrés, je doutais qu'elle s'y fût exposée.

Je passai près d'une année dans cette incertitude et assez malheureux. Pendant ce temps la révolution perdait de sa fureur : les grandes terreurs avaient peu à peu disparu, les arts et les plaisirs revenaient peu à peu, et comme le cœur de l'homme n'est pas fait pour toujours se désoler, je commençais à prendre mon parti de ma séparation d'avec ma femme ; et quoique ayant passé l'âge des passions, je me sentais l'ennui de ne pas éprouver un attachement, un lien quelconque qui me fît passer plus doucement la vie.

J'avais perdu une grande partie de ma fortune; cependant il m'en restait encore assez pour être tranquille avec des goûts modestes, et bref je cherchai une simple maîtresse dans la classe des grisettes. Le marquis de Reuilly avec qui j'étais lié en avait une charmante, il fut convenu qu'elle amenerait un soir au jardin des Tuileries une de ses amies dont le cœur ou plutôt la personne était libre.

Je me rendis exactement au rendez-vous; il avait lieu sous un massif de marroniers fort solitaire, le marquis de Reuilly et les deux jeunes filles y étaient déjà; il y avait fort peu de temps que nous causions très amicalement et que j'étais convaincu que je n'aurais pas à me plaindre de la cruauté de celle à qui j'adressais mes hommages, quand je vis passer une femme dont la tournure me frappa; elle s'appuyait fort intimement sur le bras d'un grand jeune homme. Sans explication, je quittai le marquis et ses jeunes compagnes, et m'élançai sur les traces du couple qui se perdait sous l'ombrage.

Nous n'avons rien à craindre ici, ma chère Antoinette, prononçait le jeune homme d'une voix tendre, depuis près de dix mois nous sommes tranquilles, et nous vivons sans être inquiétés, il n'y a donc aucun danger dans cette petite promenade qui te fera du bien. Je crains que ta santé ne souffre d'une si longue réclusion.

Je me porte bien, mon cher Anathole, répondit ma femme avec douceur, car c'était bien madame de Chavagnac que je venais de retrouver; tu me rends si heureuse et le bonheur est le meilleur médecin des femmes.

Cependant, repris l'adorateur empressé de la marquise, je vais activer mes démarches pour terminer mes affaires, afin que nous puissions quitter la France le plus tôt possible. Je ne suis pas tranquille, et...

Et vous ne le serez plus, m'écriai-je avec fureur, vous allez, monsieur, me rendre raison de l'outrage que vous me faites.

Ma femme avait jeté un cri de surprise et d'effroi, mais nous étions dans un lieu trop solitaire pour qu'on pût l'entendre, et nous eûmes le temps, son amant et moi, de nous donner rendez-vous pour le lendemain au point du jour.

Comme M. de Sardes n'était point rayé de la liste des émigrés, il risquait beaucoup; mais j'étais assez avide de ma vengeance pour tout faire pour l'assurer. J'aurais trop regretté que les lois s'en fussent chargé; et je fus le premier à lui indiquer un des côtés de Meudon qui était fort solitaire et jusque là à l'abri de la surveillance de la police.

Nous nous quittâmes, mais sans que je permisse qu'il reconduisît madame de Chavagnac, que je mis dans une voiture, non sans m'être informé de son adresse, puis je retournai où était resté le marquis; certes je ne pensais guère à la société avec laquelle je l'avais laissé, mais je voulais le prier de me servir de témoin.

CHAPITRE XV.

Le Duel.

Le marquis de Reuilly, continua M. de Chavagnac, me blâma beaucoup de l'éclat que je venais de faire.

Quel diable vous pique, mon cher, me dit-il, de vous battre contre l'amant de votre femme dont vous êtes séparé depuis dix ans, et que vous ne pouviez souffrir jadis, car je me rappelle avoir été un de vos témoins le jour de votre mariage; vous étiez triste comme à un enterrement; et vous quittiez, depuis, cette pauvre marquise aussi souvent que possible, et ne reveniez au logis qu'à votre corps défendant. Ma foi, loin de vous battre contre ce jeune. . . . Comment l'appelez-vous ?

— Anatole de Sardes, répondis-je avec humeur.

— Anatole de Sardes? Mais son père n'était-il pas gouverneur des Tuileries sous Louis XV? J'ai été fort lié avec lui, et je ne devrais pas m'en vanter, car c'était ce qu'on appelle un roué, un mauvais sujet; aussi notre digne Louis XVI le chassa dès qu'il fût sur le trône.

C'était un homme fort libertin que M. de Sardes, continua M. de Reuilly; il était marié, et sa femme, quoique fort belle, semblait très négligée par lui ; je me souviens d'avoir vu près d'elle un jeune enfant qu'on nommait en effet Anatole : il n'y a pas de doute, c'est votre rival.

— Et son nom, m'écriai-je, ne me le rend que plus odieux; savez-vous que son indigne père fut cause de ma longue captivité? savez-vous qu'il fut un assassin ?

Je racontai à M. de Reuilly l'histoire de la religieuse. Il devint très sérieux quand j'en fus à la découverte que nous avions faite de son corps; il se tut long-temps, puis il me prit la main; et lui, si peu capable ordinairement d'attendrissement, me dit d'une voix émue :

Chavagnac, vous venez de réveiller un affreux remords dans mon âme ; un remords qui n'était qu'assoupi, et que la vue de ce malheureux château ranime souvent. Venez me dit-il, venez.

Nous quittâmes alors le massif d'arbres et marchâmes doucement le long du château, dont les toits et le sommet était éclairés par le reflet d'une lune brillante, tandis que le pied des murailles restait plongé dans l'obscurité.

Une sentinelle nous cria de ne pas approcher. A cette époque la Convention occupait les Tuileries, et le palais des rois était gardé avec une sévérité remarquable ; nous nous éloignâmes, sans perdre de vue le château, et M. de Reuilly parla ainsi :

« J'ai vu cette religieuse; c'était Henriette d'Entragues; son malheur commença avec sa naissance. M. d'Entragues avait la certitude du crime de son épouse, et quoiqu'il fût le plus habile courtisan de la cour de Louis XV, il ne pardonna pas à sa femme son infidélité, et aussitôt sa naissance, l'enfant de l'adultère fut éloigné de la maison paternelle; à dix-huit ans elle fut forcée de prononcer ses vœux. Vous dire comment l'amour trouva passage sous les grilles d'un couvent, comment mademoiselle d'Entragues parvint à s'échapper avec son amant, voilà ce que j'ignore; mais ce dont on eut la certitude, puisque vous fûtes un des acteurs de ce drame, c'est que la retraite des amans fut découverte, et qu'un espèce de *Bravò* italien fut chargé de percer d'un coup de stilet l'amant de la jeune infortunée; il la poursuivait, pour la ramener au monastère, quand vous vîntes à son secours; malheureusement vous ne fîtes que blesser le spadassin, qui déclara que vous vous étiez battus, parce qu'il cherchait à vous empêcher d'enlever mademoiselle d'Entragues de son couvent.

» M. de Sardes profita de cette version, pour rejeter sur vous tout ce qu'il y avait de dangereux dans cette affaire; je ne sais comment il s'y prit, mais le monde crut que, depuis long-temps, vous étiez l'amant de la religieuse. M. de Sardes s'en était emparé, car il en était passionnément épris, mais ce fut vainement qu'il employa les prières, les menaces, le souvenir de son amant, une vertu que l'amour avait pu égarer, mais qui pourtant était réelle, lui faisait préférer la mort à céder.

» Je fus le confident de M. de Sardes; il m'avouait qu'il adorait cette femme, qu'il ne pouvait commander à la passion qu'elle lui inspirait, et qu'il n'était point d'excès auquel il ne fût prêt à se porter pour la posséder.

» J'étais jeune, libertin, lancé dans un monde de cour qui ne respectait rien, qui ne croyait à rien; je me moquai de la vertu de la religieuse, de la retenue de de Sardes, et je l'engageai à nous faire trouver avec elle à souper, je l'assurai que là nous saurions lui monter la tête et la mettre tellement en gaîté, qu'elle ne saurait rien lui refuser; il hésita d'abord; je le pris par le ridicule; il céda enfin, et il fut convenu que le soir même, Saint-Brice, de Rembrun et moi, nous nous rendrions au château.

» Notre souper devait commencer fort avant dans la soirée; nous fûmes exacts; rien n'était triste et mélancolique comme l'endroit où nous venions trouver le plaisir et la débauche; ces longs et sombres corridors mal éclairés, qui déjà avaient vu tant de crimes et de folie, tout faisait contraste avec la joie que nous venions chercher; mais nous étions trop étourdis pour réfléchir à ce disparate, et nous entrâmes dans l'appartement où le souper nous attendait.

» C'était celui même que la reine occupait dans les courts séjours qu'elle faisait à Paris; le comte l'avait choisi comme situé plus loin de celui de sa femme; nous étions fort peu avancés dans notre repas, quand nous rappelâmes à M. de Sardes la promesse qu'il m'avait donnée de nous faire connaître sa belle inhumaine; il chercha à éluder; mais plus nos têtes se montaient par l'abus des boissons enivrantes, plus nous mîmes d'instance; il fut forcé de céder.

» D'ailleurs, il espérait sans doute, que nous l'aiderions à réduire cette pauvre jeune fille. Il l'amena pâle, tremblante, se débattant contre la violence qu'il avait été forcé d'employer. Qu'elle était belle! Quelle admiration dangereuse elle fit naître dans nos âmes! Des désirs impurs, une folie criminelle nous transportèrent, enivrèrent notre raison, et ne sachant plus ce que nous faisions, nous tombions tour-à-tour aux pieds de cette infortunée, en l'accablant à la fois de louanges, de prières et de menaces.

» La malheureuse, effrayée de nos indécens éloges, nous priait à mains jointes de la laisser, de lui permettre de nous quitter; M. de Sardes se repentait vivement de l'avoir ainsi exposée, car nous ne l'écoutions plus lui-même, et conduits par une brutalité atroce et l'excès de l'ivresse, nous allions probablement nous livrer aux derniers outrages, quand la courageuse fille saisit un couteau, et sans pâlir l'enfonça dans sa poitrine.

» Non Chavagnac, non je n'oublirai jamais l'effet que produisit sur moi ce courage de femme, que l'amour seul de la vertu avait fait naître. Quelle leçon, grand Dieu, pour nous! pour des libertins, qui ne supposaient pas qu'on pût s'imposer la plus légère douleur pour fuir une mauvaise action! Et cette pauvre infortunée avait voulu mourir si jeune, si belle!!!

» Nous demeurâmes long-temps consternés devant son cadavre; quel parti allions nous prendre; M. de Sardes, revenu à lui et le plus exposé, nous assura que l'on ignorait absolument que la religieuse fût dans le château des Tuileries ; et nous faisant jurer sur l'honneur de garder le secret qu'il allait nous confier, il nous découvrit le cabinet qui s'ouvrait par le ressort caché. Vous savez le reste, Chavagnac, et nous devons supposer que le comte ne pût faire enlever le cadavre, qui n'avait été déposé là qu'en attendant. . . . .

» Tout jeune étourdi que j'étais, je fus long-temps à me remettre de l'impression que j'avais éprouvée ; et même la vue de ce château m'a depuis toujours été pénible. Jugez ce que je viens de ressentir en revenant sur tous ces tristes détails ; et demain, demain je vais vous servir de témoin contre un jeune homme bien moins coupable que je ne l'ai été, car les fautes du cœur peuvent être excusées. » . . . .

M. de Reuilly se tut, et rien ne troubla pendant long-temps le silence qui régnait entre nous. Nous nous quittâmes ; je rentrai chez moi pour mettre ordre à mes affaires ; au point du jour je fus chercher M. de Reuilly, et nous nous acheminâmes en silence vers Meudon, plus émus que nous ne voulions nous l'avouer, car ce n'est rien qu'un duel quand on a vingt ans, on se coupe alors la gorge pour un mot de travers, ou un coup de coude donné sans précaution; mais quand on n'est plus jeune, un duel prend alors un aspect solennel presque effrayant; c'est que plus on avance dans la vie, plus on a la faiblesse d'y tenir; c'est que la tête, plus facilement refroidie, vous fait alors tout apprécier à sa juste valeur; c'est qu'alors la plupart des injures nous paraissent légères quand on va les laver avec du sang.

Nous arrivâmes les premiers au rendez-vous; il faisait un temps magnifique, et ce contraste avec l'action que nous allions commettre avait quelque chose de plus attristant encore.

Peut-être ne viendra-t-il pas, me répétait pour la seconde fois M. de Reuilly, peut-être a-t-il fui avec votre femme, et vraiment ils auraient bien faits.

Mais nous avions tort de douter du courage du jeune séducteur, il parut; il s'excusa de son retard, sur ce qu'il s'était trompé de chemin; alors M. de Reuilly essaya quelques mots de conciliation.

— J'ai offensé monsieur, dit Anatole avec noblesse, et je sais qu'il n'est point d'excuse pour de tels torts.

— Mais cependant, si vous cessiez de voir madame de Chavagnac, reprit M. de Reuilly ; si vous donniez votre parole de ne jamais vous rapprocher d'elle.

— Je vous tromperais, dit le sincère jeune homme ; je l'ai trouvée en pays étranger seule, sans amis, presque abandonnée par son mari ; je l'ai passionnément aimée, elle n'a pas été ingrate, mais il n'y a eu entre nous d'autres séducteurs que le malheur et l'amour ; nous vous promettrions de ne plus nous voir, que nous ne pourrions ni l'un ni l'autre tenir notre serment ; il vaut donc mieux que monsieur me tue.

J'étais touché de cette franchise, de cet amour, dont la vanité me faisait seule une offense ; mais malheureusement Anatole ressemblait tellement à son père, que le souvenir de la pauvre religieuse ranima ma colère.

Plaçons-nous monsieur, dis-je froidement.

Il obéit. J'étais l'offensé, c'était à moi à tirer ; j'eus plus de bonheur que je n'en avais désiré, car, visant mal, avec une main mal assurée, je l'étendis mort à mes pieds.

Quand son témoin et M. de Reuilly se furent assurés qu'il n'y avait aucune ressource, ce dernier et moi nous reprîmes en silence la route de Paris; et sans explication, sans humeur, nous rompîmes, M. de Reuilly et moi, une longue intimité, et finîmes même par nous éviter.

Je fis prendre des renseignemens à l'adresse que m'avait donnée ma femme, elle était disparue, sans que je pusse retrouver ses traces.

Six mois après, un vieux curé de campagne brava mille dangers pour arriver jusqu'à moi; il me remit l'anneau de mariage de madame de Chavagnac, et un billet écrit d'une main méconnaissable : c'était l'adieu d'une mourante.

» Je vous ai aimé bien long-temps, écrivait-elle, et j'ai bien souffert de votre indifférence; Anatole devint mon seul ami, mon seul appui, vous l'avez tué, et pourtant vous ne m'avez jamais aimée; je vais le rejoindre avec bonheur, car je n'ai rien qui m'attache dans ce monde. Pour me pardonner, souvenez-vous que je ne fus pas la première coupable. »

CHAPITRE XVI.

Madame Roland.

C'EST un triste épisode de votre vie que vous venez de nous raconter là, dirent presque à la fois tous ceux qui avait écouté le récit de M. de Chavagnac; comme vous en êtes convenu vous-même, un faux point d'honneur vous a seul dirigé, et vous n'avez aimé votre femme que quand on vous l'a enlevée; mais tout cela est dans l'ordre.

Et chacun se mit à raconter les égaremens, les injustices où nous entraînent l'amour-propre. On cita des duels de tous les genres; le vieux Verneuil prit à son tour la parole.

Oui vraiment, dit-il, si l'on était de bonne foi, on avouerait que la vanité et l'amour-propre blessés, amènent ou causent presque toutes les querelles; j'ai vu bien des événemens, bien des changemens depuis que je suis concierge de ce château, de ce château qui peut-être est à lui seul une histoire tout entière.

M. de Chavagnac m'a rappelé, en nous parlant de la cachette où on trouva le corps de cette pauvre religieuse, deux duels qui commencèrent dans cet endroit, et qui finirent tous les deux par un arrangement, quoique les personnages fussent bien différens. Le premier est à l'époque où, après avoir été un des derniers ministres de Louis XVI, Roland l'était devenu de la république.

On inventoriait, sous les ordres de cette dernière puissance, tout ce qui était dans le château; je recevais des injonctions très sévères, pour ne rien laisser sortir sans un laisser-passer du ministre. Je puis dire qu'alors ma place était pénible ; c'était une concussion perpétuelle, petits et grands volaient à qui mieux mieux, et le ministre Roland lui-même, dont on a tant vanté la probité, ne se faisait pas faute de soustraire tout ce qu'il pouvait des richesses confiées à sa garde.

Mais, pendant qu'il soignait ainsi ses intérêts, sa jeune épouse, qui dans ses Mémoires a fait comme une autre grande dame, et ne s'est réellement peinte qu'en buste, sa jeune épouse, beaucoup plus fine que lui, le jouait avec une hardiesse remarquable, et devant elle, le grand ministre n'était qu'un homme tout-à-fait ordinaire; mais revenons à ce premier duel.

Parmi les personnes commises à la garde des richesses renfermées dans le château, une seule se faisait remarquer par son désintéressement et sa probité; elle eut pu faire une brillante fortune, sans être jamais ni punie, ni même soupçonnée ; c'était un jeune homme; entré pauvre en fonctions, et qui pauvre en sortit.

Un matin, j'étais monté pour porter une petition au ministre, et en même temps pour lui recommander un malheureux qui réclamait des objets que je savais en effet lui appartenir. On m'avait dit que le citoyen Roland était dans l'ancien appartement de la reine ; j'y fus ; l'appartement était désert, et cependant j'entendais parler vivement ; je m'approchai du côté d'où venaient les voix ; un panneau de boiserie était poussé ; j'entendis la conversation suivante :

« Vous devez m'obéir, monsieur, criait Roland avec fureur, je commande ici et j'exige que vous me remettiez les diamans. »

— Volontiers, monsieur, reprit tranquillement Alexis, veuillez m'en donner un reçu constatant que, sous ce fauteuil, dans ce cabinet, j'ai découvert par le plus grand hasard, moi étant seul, les diamans qui appartenaient à la reine Marie-Antoinette, et que vous avez exigé que je vous les remisse.

— A quoi bon ces détails, répondit Roland, remettez cet écrin, je vous en réponds. »

Alexis continuait à refuser; la discussion s'animait, quand j'entendis marcher légèrement ; je m'éloignai d'auprès du cabinet, et je vis entrer une très jolie femme ; sa figure était spirituelle, son œil vif et scrutateur, c'était madame Roland; je lui montrai le cabinet, elle y entra, son mari s'éloigna alors avec elle, sans que je pusse lui parler, tant elle absorbait son attention.

Le soir, je la vis revenir aux Tuileries qu'elle n'habitait pas; elle monta l'escalier, en regardant si elle n'était pas aperçue, et moi, entraîné par un sentiment de curiosité peut-être condamnable, je la suivis. Alexis était seul; elle commença par chercher à lui faire entendre la nécessité de ne point parler de l'écrin qu'il avait trouvé, par lui en offrir une partie, et enfin par lui laisser entrevoir qu'elle ne mettrait point de bornes à sa reconnaissance; c'était bien tentant, car elle était bien jolie; mais Alexis fut inébranlable.

Elle le quitta fort irritée, et les suites de sa colère nuisirent beaucoup au gouvernement d'alors. Alexis perdit sa place; quelque temps après il devint le secrétaire de Hérault de Séchelles; la beauté de ce dernier était fort remarquable, et ne pouvait être comparée qu'à l'infériorité de son esprit. Il était l'amant de madame Roland en même temps que le spirituel auteur de *Faublas*.

Son secrétaire Alexis ne lui avait jamais parlé de madame Roland, mais l'ayant reconnue se glissant furtivement dans l'escalier dérobé du beau Séchelles, il céda au plaisir d'exercer une petite vengeance, et se montra devant elle. Le soir même, Hérault de Séchelles annonça à son secrétaire qu'il ne pouvait plus l'employer; Alexis provoqua une explication, dans laquelle il se justifia aux dépens de madame Roland; c'eût été un tort bien léger aux yeux d'un amant que l'histoire des diamans, mais dans son récit Alexis parla de la conduite particulière de cette dame, il dit à son patron, que malgré le temps que la femme du ministre donnait aux affaires, elle en trouvait non seulement assez pour tromper Séchelles pour Louvet, mais Louvet et Séchelles pour Barbaroux.

Il lui apprit que les nuits qu'elle voulait passer avec cet amant, malgré la surveillance des deux autres, elle faisait prévenir secrètement son mari qu'il risquait d'être assassiné chez lui, alors il allait passer ses heures d'angoisses aux Tuileries, le sceau de la République sous son habit comme un talisman; le lendemain il rentrait sain et sauf chez lui jusqu'à nouvelle alarme pour le même motif.

Ce récit excita vivement la colère de Hérault de Séchelles, qui jura de se venger, et voulant ne pas manquer son coup, il fut trouver Louvet, lui raconta ce qu'il savait et la perfidie dont ils étaient mutuellement victimes.

Quoique dans ses ouvrages Louvet se soit peint comme très brave, il hésitait un peu à aller chercher querelle à Barbaroux, car ce devait être un duel à mort, où un seul des trois devait survivre.

Barbaroux accepta le rendez-vous, mais nos amans trompés voulurent, chacun de leur côté, avoir une explication avec leur belle, et il arriva, ce qui arrive presque toujours, c'est qu'elle leur persuada à chacun en particulier qu'il était le seul aimé. L'amour-propre extrême de Louvet le rendit facilement crédule, la simplicité de Hérault de Séchelles produisit le même effet, et Barbaroux qui était le seul préféré, et qui en avait tous les jours de nouvelles preuves, ne se montra pas plus difficile. D'ailleurs, on leur persuada qu'ils n'avaient aucun motif raisonnable de jalousie, et ils finirent par éprouver assez de répugnance pour ce duel.

Mais comment arranger cette affaire, qui

commencerait le premier à entamer une réconciliation si délicate? c'était le plus embarrassant, mais qu'il y a-t-il que la volonté d'une femme ne parvienne à exécuter. Madame Roland apprit à son mari qu'une querelle politique avait eu lieu entre ces trois messieurs, et qu'il était important et dans l'intérêt de la chose publique que cette querelle n'eût point de suite. Madame Roland faisait faire à son mari tout ce qu'elle voulait, et par d'excellentes raisons, d'abord parce qu'elle avait beaucoup plus d'esprit que lui, qu'il était amoureux d'elle, et qu'elle ne partageait nullement ce sentiment.

Enfin, le ministre, fort despote partout, se donna pourtant la peine de voir en particulier chacun des amans de sa femme, ensuite il les réunit pour les réconcilier; cette burlesque entrevue eut également lieu dans ce château.

Je les vis entrer, moi qui savais tout par Alexis, qui était au courant par Hérault de Séchelles. Ils passèrent tous trois devant moi, levant la tête et voulant faire les fiers, mais devant le complaisant mari, ils jurèrent d'oublier cette querelle politique, et de se réunir tous trois pour le bien de la République.

Le lendemain il y eut un grand dîner chez le ministre Roland, madame en fit les honneurs avec sa grâce accoutumée, et le caustique Alexis prétendit que les trois amans avaient eu le même jour, dans trois rendez-vous, les preuves de la préférence qu'elle avait pour chacun d'eux.

Il n'y eut qu'une victime ce fut Alexis ; il perdit sa place près de son patron, qui du reste eut bientôt la sienne sur un échafaud. Ainsi le pauvre secrétaire apprit à ses dépens que la probité ne conduit pas à la fortune, et qu'il est dangereux de lutter de malice avec les femmes.

Voilà, mes chers amis, continua Verneuil, une véridique anecdote où je n'ai rien omis, ni rien inventé, après cela jugez les héros sur leurs mémoires et les vertus qu'on se donne soi-même.

— Et l'autre duel, interrompit M. de Chavagnac, est-il aussi burlesque ?

— Pas précisément, c'est un autre genre, où au moins il y a du courage, cela ne peut être autrement, un des acteurs fut Napoléon.

— Napoléon ! s'écria la société, mais cela est-il bien vrai, on lui en a tant prêté.

— C'est peut-être le cas, reprit le concierge,

de dire qu'on ne prête qu'à ceux qui n'ont besoin de rien, mais je puis vous répondre de cette anecdote, j'y ai été témoin.

— Témoin !

— Oui, s'écria M. de Verneuil avec une espèce de fierté, Napoléon savait parfaitement que je pouvais être le sien. Lui aussi a voulu changer ma destinée, et je l'ai refusé comme j'en ai refusé d'autres. Du reste, on a beaucoup écrit sur ce grand homme, les uns ont voulu en prenant la plume jouer un rôle dans le drame dont il fut le héros, les femmes ont mis leur orgueil à dire qu'elles avaient été ses maîtresses, ou refusé de l'être ce qui est plus rare. J'ai tout lu, mais je n'ai trouvé nul part ce que je vais vous raconter.

Alors le cercle se resserra, et on écouta avec plus d'attention encore le vieux concierge. Il dit :

CHAPITRE XVII.

Napoléon et Barras.

Nous sortions d'une odieuse et sanglante terreur, nos armées, presque constamment conquérantes, reprenaient partout une attitude fière et imposante ; Bonaparte, depuis quelque temps nommé général en chef, venait d'épouser madame de Beauharnais, et quoique quelques écrivassiers de l'époque aient voulu prouver le contraire, ce fut bien l'amour qui forma cet hymen; madame de Beauharnais était charmante, et la différence d'âge qui existait entre eux était bien compensée par la beauté, surtout la grâce de sa femme, et le peu d'avantages physiques qu'avait alors le jeune général.

Ceux qui l'ont vu à cette époque doivent se rappeler son extrême maigreur, son teint jaune et hâve, ses cheveux longs et plats, il était déjà fort incommodé de maux d'estomac très douloureux. Que de fois je l'ai vu se promenant sur la terrasse ou dans la cour des Tuileries, s'arrêter au milieu d'une conversation intéressante, mâté malgré lui par des douleurs souvent intolérables.

Un jour qu'il était venu voir Barras, avant de monter il se trouva si souffrant, qu'il fut obligé de s'arrêter quelques momens ici. Eh bien, au milieu de ses douleurs il s'occupait des autres, et me demanda pourquoi, encore dans la force de l'âge, je restais ainsi dans une position qui paraissait au dessous de moi et qui ne me menait à rien.

Bonaparte avait tant de grâce, et en même

temps d'adresse dans sa manière de s'exprimer, qu'on ne pouvait être avec lui confiant à demi; il sut les raisons qui m'avaient fait accepter la place de concierge des Tuileries, et il m'offrit avec bonté sa protection si je voulais rentrer dans l'état militaire. Ce jour-là il resta assez long-temps ici, car malgré toute la force de son caractère il souffrait beaucoup; il était même facile de s'apercevoir que quelque peine morale avait augmenté son malaise physique. Le général était fort triste, et quand il put se lever il monta chez Barras, mais l'heure où il pouvait causer seul avec lui était passée. Il ne resta pas long-temps, mais il revint dans l'après-midi.

C'était à la fin du mois de septembre, la nuit venait vite quoique les soirées fussent belles encore. Je me dirigeai vers le bois de marronniers qui est au bout du jardin des Tuileries, et qui était encore plus touffu qu'il ne l'est aujourd'hui; le crépuscule du soir ne me permettait pas de distinguer deux personnes qui venaient de mon côté, elles paraissaient elles-mêmes trop préoccupées pour me voir; aussi ce ne fut que quand elles arrivèrent près de moi que je reconnus Napoléon et Barras. Les paroles qui vinrent jusqu'à moi piquèrent assez ma curiosité pour me faire désirer d'entendre la suite, je ne m'éloignai pas.

« Josephine me l'a avoué, criait Napoléon presque avec fureur, pourquoi le nierez-vous ?

— » Bah ! reprit Barras, les femmes ont toujours de ces aveux, fort peu utiles en tous cas, et qui ne sont jamais qu'une indiscrétion de leur amour-propre. Votre femme du reste a eu assez d'adorateurs pour qu'elle ait pu se dispenser de me mettre du nombre, et....

— » Ce que vous dites là est plus qu'impertinent, interrompit Bonaparte avec violence, et vous éludez une réponse positive par un nouveau tort.

— » Un nouveau tort, et dites moi, avez vous donc cru épouser une innocente, et votre femme vous aurait-elle dit, par hasard, qu'elle n'avait jamais accueilli les hommages de personne, l'avez-vous prise pour une vestale ?

— » Il ne s'agit point de vestale, s'écria Bonaparte avec une colère toujours croissante, mais de sots propos qu'on tient dans le monde, et dont vous et moi sommes l'objet. J'ai reçu ce matin une lettre anonyme dans laquelle on prétend que vous avez employé toute votre ruse pour me faire épouser votre maîtresse, on ajoute même que vous n'avez point cessé vos relations avec elle.

— » Qu'est-ce qu'une lettre anonyme, prononça Barras avec mépris, comment pouvez-vous vous occuper de telles infamies, quel est l'honnête homme qui peut l'écrire, et qui doit y faire attention?

— » Aussi, si ce n'était que cela j'aurais méprisé un tel avertissement, mais des méchans ont osé dire que du temps que vous étiez l'amant de madame de Beauharnais, j'avais l'infamie de coucher à votre porte de crainte qu'on ne vous troublât; de pareils propos déshonorent.

— » Et que voulez-vous que je fasse à cela, répondit tranquillement Barras, ne vous en occupez plus, ils tomberont d'eux-mêmes.

— » Non, monsieur, ils ne tomberont pas, reprit avec fureur le jeune général, la méchanceté les enrégistre et la postérité s'en emparera un jour.

— » La postérité! prononça Barras avec ironie, croyez-vous donc qu'elle s'occupera de vos amours et des miens, en supposant même qu'elle parle jamais de nous.

— » Qu'elle parle de nous, interrompit Bonaparte avec conviction, oui, oui, monsieur, elle en parlera, et peut-être mes actions seront-elles jngées plus importantes que les vôtres.

— » A la bonne heure, mais comme je n'ai pas la prétention de l'occuper long-temps, et que j'ai pour le moment des affaires plus importantes, laissez-moi rentrer, et allez si vous voulez quereller votre fidèle compagne.

— » Barras! vous me rendrez raison de cette ironie, il faut du sang pour laver vos impertinences; il faut du sang, et j'en veux à moins que vous ne vous hâtiez de démentir les propos que l'on tient dans le monde.

— » Mon cher général, continua Barras toujours avec le même calme, vous connaissez mieux un champ de bataille que nos salons de Paris, croyez-moi, plus nous parlerons de cette ridicule affaire plus nous y donnerons d'importance.

— » Ridicule! monsieur, si elle l'est ce n'est pas pour vous; il se peut que je connaisse mal le monde et que sur cet article vous soyez plus fort que moi, il est possible qu'il soit plus prudent de laisser tomber tout ceci ; mais comme de vous à moi il ne peut en être de même, vous me donnerez votre parole d'honneur que vous n'eûtes et n'avez aucune relation avec ma femme, ou nous nous battrons.

— » Vous êtes fou, reprit Barras reprenant la route du château, et Napoléon le suivant en lui demandant toujours de se battre. »

Je marchais doucement à côté d'eux sans qu'ils s'en aperçussent, et quand ils furent sous le vestibule je pris une petite porte qui me conduisit chez moi. J'y étais à peine depuis quelques minutes quand je vis entrer le général Bonaparte.

— « Vous avez été militaire, Verneuil, me dit-il, rendez-moi le service de me prêter vos pistolets. »

Ils étaient attachés à la muraille, il les prit lui-même, et me pria ensuite de le suivre, j'obéis ; nous nous rendîmes dans l'appartement de la reine qui était celui qu'occupait le directeur Barras. Il était fort pâle ; et fut très surpris en me voyant entrer.

— « Voici mon témoin, dit le général, si vous

n'en avez pas il nous en servira à tous deux, ou je vais le prier de se retirer. »

Barras répondit brusquement que cette affaire n'avait pas le sens commun, qu'il n'y avait pas de quoi fouetter un chat, et qu'on ne ferait que se battre s'il fallait repousser ainsi tous les propos de Paris.

— « Je vous ai dit, répondit Bonaparte, qu'il ne s'agissait plus de cela entre nous; donnez, de vous à moi, votre parole d'honneur, et cela me suffira.

— » Vous croiriez que j'ai peur, repliqua Barras avec hauteur, et après tout, quelque ridicule que soit ce duel, il vaut mieux être ridicule que lâche, et il prit un des pistolets que le général tenait; cependant il s'arrêta et me dit :

— » N'êtes-vous pas un des concierges du château?

— » Je répondis affirmativement.

— » C'est un honnête homme et un homme d'honneur, prononça Bonaparte, voulez-vous du reste appeler quelqu'un pour vous? mais commençons.

— » Non, dit Barras, on saura assez tôt cette étourderie qui va plus à votre âge qu'au mien.

Se battre pour une femme, quelle absurdité!

— » Ce n'est point pour une femme, c'est pour la parole que vous refusez de me donner.

— » Cependant, dit encore Barras, ne pouvons-nous remettre cette affaire à demain au jour; se battre à cette heure, chez moi, cela aura l'air d'un guet-à-pens.

— » Cela aura l'air de ce qu'on voudra, reprit Bonaparte; mais je ne puis attendre, je pars demain au point du jour.

— » Mais on nous entendra, on accourera nous séparer.

— » C'est vrai, reprit tristement Bonaparte en laissant retomber son arme.

— » Puis il eut l'air de se souvenir de quelque chose d'important, fit glisser le panneau qui cachait le fameux cabinet, et entra.

— » Dans cette pièce, dit-il, en y plaçant un candelabre couvert de bougies, si en fermant la porte on nous entend, ce que je ne crois pas, au moins on ne pourra venir nous séparer.»

Barras et moi nous l'avions suivi, mais alors mon rôle commença.

— Général, dis-je avec fermeté, puisque vous avez bien voulu de moi pour témoin, je dois en remplir les devoirs. Ce cabinet n'a pas huit pieds, ce serait tirer à bout portant, ce serait un véritable assassinat, je ne le permettrai pas.

Bonaparte baissa la tête, et dit :

— » Vous avez raison, Verneuil, vous faites votre devoir; mais comment faire?

— » Comment faire, mon général? réfléchir. Vous devez partir demain pour vous mettre à la tête d'une armée dont vous êtes le chef, l'âme. Que savez-vous si vous ne serez pas tué ce soir. Que deviendra alors cette France qui vous est si chère. J'ignore le motif de votre différend, mais il me semble que celui qui fera le sacrifice de son ressentiment sera le plus digne de respect et d'admiration.

— » Vous avez encore raison, reprit soudainement Bonaparte, j'allais faire une étourderie de sous-lieutenant, et je commande des armées. Il est un sacrifice que je puis, que je dois faire. Je le ferai. Je me séparerai d'elle. Je.....

Barras l'interrompit.

— » Votre exemple doit être suivi, général, dit-il avec beaucoup de noblesse et de douceur ; j'ai dû me refuser à une demande faite d'un ton que je ne pouvais souffrir. Mais l'honneur à présent me permet de vous donner ma parole que jamais, ni avant ni après le mariage de la personne en question, je n'ai eu d'autre liaison avec elle que celle de l'amitié et de l'estime. »

La figure de Bonaparte s'illumina de joie, et il fut facile de juger que le jeune héros était susceptible de ressentir toutes les faiblesses du cœur.

Il prit Barras sous le bras et lui parla avec feu et amitié ; ensuite le général se rapprochant de moi, me dit avec ce sourire qui le rendait si séduisant :

— « Je vous prie, mon cher Verneuil, de garder le silence sur tout ce qui vient de se passer. »

Je m'inclinai, et cachant mes pistolets avec soin, je revins chez moi, et replaçai ces armes qui heureusement avaient été inutiles. Mais rarement mes regards se sont tournés vers elles sans que je ne pense que la main d'un homme qui fut unique, qui peut-être n'aura jamais son semblable, a failli donner ou recevoir la mort avec elles. S'il eut succombé, si ces armes lui eussent été funestes, que de victoires de moins la France eût remportée!

— La république eût triomphé, sécria l'austère Regnaud.

— Que de sang, que de malheurs de moins, dit M. de Chavagnac.

Et le silence régna un moment.

CHAPITRE XVIII.

L'Esclave d'une grande Dame.

Il est bien rare que le bonheur que l'amour donne à une femme ne fasse pas le désespoir d'une autre. C'est ce qui arrivait entre l'orgueilleuse comtesse et la modeste fille du concierge.

Madame de Saint-Firmin nageait dans la joie d'un amour satisfait ; car Emmanuel ne la quittait pas. Elle avait obtenu, les femmes intrigantes obtiennent tout ce qu'elles veulent, qu'il ne rejoignît pas son régiment, et continuellement dans les bals et les spectacles à la mode, il se montrait aussi attentif que passionné; ce n'est pas que de temps en temps des retours sur lui-même ne le rendissent mécontent.

Il sentait souvent que l'existence qu'il avait consenti d'accepter était loin d'être celle d'un homme d'honneur, car ce n'était pas assez d'être l'amant d'une femme qui pouvait être plus que sa mère, il s'était décidé en bien peu de temps à devenir assez méprisable pour recevoir d'elle ce métal qu'on ne nomme vil qu'en riant de sa propre turpitude, ce métal qui corrompt tant de cœurs, fait tant de traîtres et d'ingrats.

Emmanuel le dissipait tous les jours avec plus de facilité, tous les jours il se montrait plus extravagant; il lui fallait les chevaux les plus brillans, le tilbury de la forme la plus nouvelle. Son simple appartement avait été abandonné, et sa bonne hôtesse qui tant de fois avait prêté ses modestes ustensiles de ménage pour un déjeûner de garçon préparé avec toute l'économie possible, sa bonne hôtesse n'avait reçu qu'un froid et sec adieu de l'ingrat à qui elle avait prodigué tant de soins. Il n'avait donné ni un souvenir, ni un regret à cette petite chambre d'étudiant où la gaîté et l'amitié s'étaient si souvent réunis; où le plaisir, car l'amour seul était pour Louise qu'il respectait trop pour vouloir l'avilir, où le plaisir était venu quelquefois, et bien en cachette, trouver le jeune homme.

Mais ce plaisir n'avait jamais alors assez d'empire sur son âme pour lui faire oublier l'heure du rendez-vous avec sa pure et jeune maîtresse.

C'était encore dans cette petite chambre que le premier entre ses amis, il avait tant de fois commenté et blâmé les actes du ministère de Charles X. C'était là, qu'enflammé de ces idées généreuses si communes à vingt ans, il avait juré de rendre la liberté au peuple, et de se mettre à sa tête pour combattre cette royauté qu'ils avaient cependant rétablie avec un autre roi. Mais ce roi avait, il est vrai, promis de ne pas oublier que c'était au peuple qu'il devait sa couronne. Hélas! ce n'était pas seulement le gouvernement qui avait manqué à ses promesses, l'âme du jeune étudiant était bien autant changée, elle s'était amollie dans le luxe et au sein de toutes les séductions du monde.

Aussi il avait quitté l'asile où il fut gai et heureux sans y donner un regret ; il est vrai qu'un fastueux équipage l'attendait à la porte ; cependant il n'y était placé que depuis quelques minutes qu'une inquiétude assez vive vint le saisir. A ses pieds était placée une petite cassette d'une forme assez ancienne : cette cassette au travail gothique lui avait été donnée par sa mère ; elle lui avait dit :

« Mon Emmanuel, tu mettras tes papiers les plus importans dans cette cassette; puis un jour, si tu es bien malheureux, car comme un autre, tu le seras, mon pauvre enfant ; eh bien ! ce jour là, tu appuieras sur cette petite raînure, tu découvriras un double fond où tu trouveras un cahier de papier que je te demande de lire avec attention, si tu étais au moment de commettre une action contraire à l'honneur, et qui pourrait entacher ta vie; mais seulement alors, car celle qui écrivit ce récit a versé bien des larmes qu'elle donnait au remords. »

Ainsi avait parlé d'une voix triste et solennelle la mère d'Emmanuel, ainsi elle avait jeté dans le cœur de son fils une inquiétude vague qu'il avait souvent chassé, mais jamais oublié entièrement. Bien des fois il avait ouvert cette cassette pour y mettre les lettres de sa Louise, ce qu'il avait alors de plus précieux.

Qu'allait-il faire si sa jalouse comtesse lui demandait ce que renfermait cette cassette. Il montrerait de l'embarras, il en était sûr, car cette cassette renfermait un double secret, puisque, quoiqu'il eût entièrement abandonné Louise, il n'avait pu se défaire de ce qui venait d'elle; ah! il aurait eu encore plus de peine à se défaire du souvenir qui vivait dans le fond de son âme.

Combien de fois au milieu des prestiges du grand monde, se rappela-t-il ces rendez-vous si difficiles à obtenir, ces promenades si rares et si charmantes, où doucement appuyée sur son bras, Louise l'enchantait de ces doux et gais récits de jeunesse qui attachent par les grâces de la vérité; et puis il faisait, malgré lui, de ces comparaisons toutes physiques, il est vrai, mais qui naissent naturellement dans une tête de vingt ans.

La toilette de sa nouvelle maîtresse était si longue, si mystérieuse que, malgré lui, il se rappelait la plaisanterie un peu acérée de Louise: *le zéphir vous enlevera ses charmes.* Et puis voltigeait devant son imagination le souvenir de cette jolie chevelure soyeuse et bouclée, de ces joues si fraîches et si rosées, et de tout cet ensemble de jeunesse que rien ne remplace; contre laquelle seulement peut-être une amabilité extrême, une bonté, une absence totale de prétentions peuvent lutter avec avantage.

Mais ces dons n'étaient point le partage de la comtesse; insatiable de volupté et de plaisir, son âme sèche n'avait ni élévation ni dévoûment: ce n'était qu'une femme du monde enfin, et le pauvre Emmanuel n'était à ses yeux qu'un jouet qui comme une mode nouvelle, lui plaisait pour le moment, mais qu'elle rejetterait dès qu'un autre la tenterait.

Elle n'en était pas encore là, car lorsqu'il avait puisé dans un somptueux repas une force nouvelle, dans un brillant vin d'Aï une gaîté de quelques heures, elle le trouvait très séduisant, et elle n'était pas la seule. Plus d'une de ses bonnes amies du grand monde auraient peut-être bien voulu lui enlever son jeune adorateur.

Mais la satiété commençait à entrer dans l'âme d'Emmanuel, elle arrive si facilement quand il n'y a pas d'amour; quand le plaisir marche sans passion, sans tendresse, il se lasse si vite. C'était là où en était M. de Ternan.

Il craignait donc, et à cette crainte se mêlait un peu d'humeur de son esclavage, que la comtesse n'exigeât qu'il lui remit la cassette, car elle exigeait tant de choses.

Elle remarqua en effet sa préocupation, et lui en demanda la cause. Il l'attribua à une de ses indispositions qu'on a toujours en réserve quand on ne peut pas avouer la vérité. Mais la comtesse ne voulait pas que son amant fût jamais malade, et elle eut de l'humeur. De là à dire quelque chose de piquant, il n'y avait guère d'intervalle dans un caractère aussi impérieux.

La comtesse déclara donc à Emmanuel qu'il prenait mal son temps pour être indisposé, attendu que le soir même il fallait qu'il assistât à une conférence qui devait suivre le dîner qu'elle donnait aux amis des exilés d'Holy-Rood.

Je vous présenterai, ajouta-t-elle, ou plutôt le marquis de Verbreuse vous présentera.

— Quoi déjà ! s'écria le jeune de Ternan, qu'y a-t-il donc de si pressé, chère comtesse ; si le gouvernement voulait tenir ses promesses ; ce système de conspiration est-il bien à propos?

— Quelle nouvelle fantaisie vous passe par la tête, s'écria madame de Saint-Firmin, quoi ! depuis plus d'un mois, vous vivez dans la société la plus intime du faubourg Saint-Germain qui, comme vous le savez, est du plus pur royalisme, vous avez même associé un soir votre nom parmi ceux des plus dévoués.

Croyez-vous, monsieur, qu'on plaisante avec un roi et des princes malheureux: d'ailleurs mon beau-frère m'a remis, comme vous le savez, une forte somme pour vous.

— Quoi ! s'écria Emmanuel, cet argent était pour payer la perfidie, car vous n'ignorez pas que dans les mémorables journées de juillet j'ai juré, sous un baptême de feu, de défendre les droits du peuple. Enfin j'ai prêté serment à ce roi qui m'a donné cette épaulette.

—Bah, Bah! interrompit la comtesse un serment en détruit un autre, et puis vous le dites vous-même, tout le monde se plaint, la misère est au comble ; et puis les sermens, ajouta-t-elle en riant, mais ne sont-ils pas tous conditionnels, et a-t-il tenu les promesses qu'il avait faites celui qui a reçu le vôtre ; lui et les autres ont-ils respecté celles qu'ils avaient faites au malheureux Charles.

Allons, Emmanuel, une belle carrière vous est ouverte. Qui sait, vous aurez peut-être un régiment, un jour peut-être vous serez ministre de la guerre.

Le front de M. de Ternan s'éclaircit à l'instant même. Il promit à la comtesse d'être exact à six heures au dîner qu'elle donnait, et comme elle avait sa toilette à faire elle ne songea point à parler de cette cassette qui avait tant inquiété Emmanuel.

CHAPITRE XIX.

Pauvre Louise.

Pauvre Louise! répétait le vieux Verneuil en remarquant le teint pâli et les yeux attristés de sa fille, me faudra-t-il donc aussi pleurer sur toi; et, comme une autre Antonie, seras-tu malheureuse?

Ah! je le vois, rien ne reste impuni sur la

terre, et je serai affligé dans ce que j'ai de plus cher; car, jadis aussi, je n'ai point respecté le bonheur d'une autre; j'ai été. . . .

Au moment où le père de Louise mêlait le remords à ses mélancoliques réflexions, le marquis de Chavagnac entra chez lui.

C'était une heure inaccoutumée, car les vieux amis ne se réunissaient ordinairement que le soir, et l'arrivée du marquis annonçait quelqu'autre motif qu'une simple visite d'amitié.

—Mon cher Verneuil, prononça M. de Chavagnac avec cet air un peu important que prennent assez souvent les vieillards entre eux, j'ai rêvé toute la nuit de vous et de votre Louise; je veux la marier.

Le père de Louise secoua tristement la tête.

—Je veux la marier, répéta M. de Chavagnac, *quand même;* car je le sais, les jeunes filles ont leurs peines et leurs projets; il y a long-temps, je crois, que j'ai deviné le secret de la vôtre. Elle aime, où plutôt elle aimait ce petit Emmanuel que j'ai vu il y a quelques mois chez vous; qui, d'étudiant en droit et enragé républicain, est devenu un instant philippiste dévoué, lieutenant du régiment de Chartres, et depuis quelque temps mécontent, et je crois carliste, henriquinquiste, etc., etc.

Il est même pis que cela, continua le marquis en soupirant, il est l'amant de la comtesse de Saint-Firmin, vieille coquette de cinquante ans, qui achète l'amour comme elle achète ses chiffons, et qui conspire pour avoir de l'argent dont elle manque toujours. Puis elle appelle cela du dévoûment, du royalisme; et pourtant ce fou de marquis de Valreuse, son beau-frère, est la dupe de cette intrigante, dont les antécédens sont presque honteux.

Voilà, mon cher Verneuil, la rivale de votre aimable fille, qui, je n'en doute point, ne répondrait, si elle en était instruite, que par le mépris et l'indifférence à l'ingratitude de celui qu'elle aimait, et je ne doute pas davantage qu'elle ne consente à se venger; pour l'y aider je vous amène ce soir une personne très remarquable et digne d'estime. Quoiqu'il ne soit plus très jeune, c'est encore un fort bel homme; je crois du reste vous avoir parlé de lui; c'est le comte de Villebois.

— Un comte, s'écria Verneuil! Quoique je

sois secrètement son égal, croiriez-vous qu'il ne rougirait pas de s'allier à la fille d'un concierge.

— Qui vous empêcherait de cesser de l'être si c'était un obstacle, dit le marquis? Mais ici ce n'est point le cas, car Villebois n'attache aucune importance à la naissance et à la fortune.

Il est né en Russie, où il a je crois une partie de ses biens; sa vie fut aventureuse, heurtée, même un peu mystérieuse, et, quoique je ne la connaisse pas tout entière, je suis sûr qu'il n'existe pas un meilleur et un plus honnête homme que lui.

Vous qui avez tant lu, Verneuil, vous devez vous rappeler le nom de ce corsaire dont Pierre-le-Grand remarqua le courage, à qui il confia une escadre, et qu'il nomma même général de ses galères. Mais à un grand courage cet homme joignait des passions impétueuses et peu nobles; son goût pour les liqueurs fortes le portait souvent à en abuser, alors il ne se connaissait plus.

Un jour Pierre-le-Grand le chargea d'un message pour la czarine. Pressée d'entendre l'envoyé de son époux, la czarine se montra dans un négligé fort peu décent; à sa vue Villebois, excité par l'ivresse, ne put retenir ses transports, et se porta au dernier outrage.

Après ce bel exploit, il dormit d'un sommeil long et profond, et sans doute aurait complètement oublié ce qui s'était passé, si Pierre ne se fut chargé de le lui rappeler, en le condamnant à ramer six mois sur les galères qu'il commandait la veille.

Il lui pardonna ensuite, car le czar pensa avec raison, qu'un tel affront était plus réparable que la perte d'un homme comme Villebois; ce fut sans doute aussi l'opinion de la czarine, car, après la mort de Pierre, elle combla Villebois de faveur. Les méchantes langues prétendirent qu'il y avait beaucoup de souvenir dans le jugement que portait Catherine.

Villebois fit un riche mariage, eut un fils; ce fils fut empalé pour avoir voulu pénétrer dans le sérail du Grand-Turc; mais, bien entendu avant cet accident, il s'était marié et avait eu deux enfans, dont l'aîné, Petrowski, est celui que je vous présenterai ce soir. Je suis persuadé qu'il vous plaira.

— Cela ne suffira pas, reprit en souriant le père de Louise; ma fille a la tête occupée d'un autre, et il faut plus que du mérite et des vertus pour chasser l'amour d'un cœur prévenu. Du reste, quoique ses souffrances me déchirent le cœur, je préfère pourtant que son illusion ait été détruite avant que son malheur soit devenu irréparable.

Cependant, il faut en convenir, ce jeune Emmanuel était bien séduisant par la grâce de ses manières et son aimable figure. Ah! ma pauvre Louise l'oubliera bien difficilement, et votre russe ne produira pas, je le crains, le miracle que vous espérez.

— Allons, allons, reprit M. de Chavagnac avec un peu d'humeur, voilà de la prévention sans raison, et. . . .

— Mais comment, interrompit à son tour M. de Verneuil, votre ami a-t-il pu désirer de venir chez-moi? Moi, si obscur, si peu fait pour attirer l'attention.

— Vous êtes un peu comme les femmes, qui assurent constamment qu'elles ne veulent plus plaire pour qu'on leur dise le contraire. Vous répétez que vous êtes obscur, quand dans le fond de l'âme, mon ami, vous savez fort bien qu'on vous distingue, et que votre salon est souvent plus rempli que celui de beaucoup de nos grands seigneurs.

. Mais, voici ma petite Louise, continua M. de Chavagnac, laissez-moi raconter devant elle une des bonnes actions de mon ami; cela la disposera à le bien recevoir, car je sais combien son âme est généreuse et capable de comprendre une belle action.

Verneuil sourit en signe de consentement, et quand sa fille fut assise, il parla le premier de la nouvelle connaissance que le marquis voulait leur amener.

— C'est un bon et digne ami, reprit le vieux marquis. Il y a des années, c'est après mon duel, vous savez Verneuil, la paix était à peu près rétablie et permettait de voyager, je partis pour essayer de recouvrer une forte somme que ma femme avait laissée en Hollande; c'est un pays dont je conservais un souvenir assez triste et où j'allais avec peine; mais, je n'étais pas riche et ma sœur m'avait laissé deux neveux dont je m'étais engagé à soigner l'éducation.

Négliger une fortune qui pouvait leur être utile eût été une faute; Cependant j'étais parti souffrant de Paris, et souffrant j'arrivai à La Haye;

je tombai malade dans un hôtel; c'était dans un moment où tout était en l'air pour une fête du pays, on m'abandonna, je ne pouvais me procurer ni secours, ni soins; le médecin me visitait à peine; j'avais une esquinancie, terrible maladie à laquelle je suis sujet.

Une nuit j'étais seul, sans lumière, sans rien pour étancher ma soif, j'étouffais et je crus que j'allais mourir. Mourir, sans qu'une main amie relevât mon chevet abattu, sans que la voix de la pitié, ni même celle de la religion qui la remplace, vînt m'encourager pour franchir ce cruel passage. Ah! Verneuil, que ce moment était affreux!

Pour moi surtout, qui poursuivi par le fantôme de ce pauvre Anotole, le voyait sans cesse sévère et menaçant, avec sa large blessure, me répétant les mots de la lettre de l'infortunée qu'il avait séduite.

— Mon cher marquis, interrompit le vieux Verneuil, ne revenez plus sur ce cruel moment, et dites-nous comment vous apparut votre ami Petrowski?

— Comme un ange du ciel, répondit M. de Chavagnac, car le jour qui suivit cette affreuse nuit, je sortis d'un profond sommeil, si ce n'est guéri, du moins hors de danger. Je me vis entouré d'une garde et d'un médecin. On m'avait saigné, et près de mon lit était un jeune homme d'une figure remarquable, il s'embellissait encore par tant de bontés et de bienfaisance, que je me sentis soulagé seulement à sa vue.

Pendant bien des jours il me soigna avec une admirable patience, et un matin que, convalescent, je me félicitais d'avoir la force de le remercier, on me remit une lettre de sa part qui m'apprenait qu'il était forcé de s'éloigner, et qui renfermait un bon sur un négociant de la ville; car, non content de m'avoir sauvé la vie, il prévoyait encore que je pourrais manquer d'argent; et tout cela avec une confiante bonté, sans presque me connaître.

Je m'informai de lui, avec instance, presque avec des larmes. Mais si chacun vantait ses manières distinguées, sa superbe figure, on ne le connaissait que sous le nom de Petrowski; on ne savait ni d'où il venait ni où il allait. Sans doute on avait remarqué sa mélancolie, ses yeux tristes et abattus, on savait qu'il passait de longues nuits sans sommeil, mais qui aurait ôsé l'interrogent, lui qui, avec tant de douceur dans les manières, était pourtant si majestueux et si digne; lui qui, partout, se décélait par des bienfaits, et qui, si jeune encore, inspirait tant de respect et de retenue?

C'est lui, mes amis, c'est lui que vous verrez ce soir.

CHAPITRE XX.

Un Diner de Conspirateurs.

Tout était en mouvement dans l'hôtel de la comtesse de Saint-Firmin ; les candélabres chargés de bougies étaient allumés; le lustre même du salon, qu'on n'éclairait que dans les grandes occasions, jetait mille feux au travers de ses cristaux prismatiques ; la salle à manger présentait un aspect non moins animé ; les buffets chargés de flacons et d'argenterie, la table succombant sous le poids d'un élégant surtout offrait un coup d'œil vraiment séduisant pour les invités ; le boudoir seul de la comtesse n'était que faiblement éclairé.

C'est une affaire de précaution pour une femme qui s'attend toujours à une déclaration ; car quelque éprise que la comtesse fût encore d'Emmanuel, elle rêvait déjà qu'une infidélité ne serait pas sans charmes ; de là à la chercher il y a peu de distance.

Le sifflet du suisse avait annoncé plus de vingt convives, que le jeune lieutenant de Chartres n'avait point encore paru.

— Ma belle-sœur, répétait pour la troisième fois le marquis de Valreuse, votre dîner sera manqué et c'est un mauvais prélude pour parler d'affaires ; votre jeune homme devrait se trouver trop honoré d'être admis parmi nous, pour se permettre de se faire attendre. Le duc de R. . . baille à se démonter la mâchoire ; il a un estomac détestable, c'est un homme, entre nous, qui ne sera pas propre à grand chose dans une affaire de cette importance ; mais son nom est bon à mettre en avant, et vous allez le mal disposer si on tarde. . . .

Un bruyant coup de sifflet annonça le second maître de la maison. Le suisse, de madame de Saint-Firmin, avait une manière merveilleuse de faire connaître sur son instrument ceux qui arrivaient; les favoris de sa maîtresse, avaient, toujours entre autre, l'honneur d'un éclatant coup de sifflet; et les deux battans du salon s'ouvrant, le valet de chambre annonça d'une voix sonore : Le comte Emmanuel de Ternan.

Celui-ci, assez embarrassé d'un titre dont il ne se parait jamais devant ses anciens amis, s'inclina d'abord près de la maîtresse de la maison, puis salua successivement et avec respect, toutes ces vieilles têtes qu'il n'avait encore vues nulle part, mais qui cependant lui parurent assez imposantes; on l'examinait curieusement, car le beau-frère de la comtesse était le seul qui le connût un peu; on l'examinait et on le trouvait bien, très bien. . . . .

Il avait de la tenue, un air profondément respectueux, et de plus on se doutait à peu près de ce qu'il était à la maîtresse de la maison, et comme on ne voyait plus d'obstacle au dîner on trouvait tout à merveille.

Le repas se passa parfaitement, il était digne d'être ministériel ; les vins les plus exquis, les mets les plus recherchés vinrent à l'envie flatter le palais des défenseurs de la légitimité, et ils sortirent de table avec un estomac plein de dévoûment. Déjà, en prenant le café, le marquis de Valreuse commença à jeter quelques mots pour amener la conférence ; mais on continuait les discussions qui s'étaient élevées pendant le dîner, en attaquant et défendant *Antony* et *Richard Darlington.*

— Quelle aberration d'esprit, quelle immoralité révoltante, s'écriait le vicomte de B... qui vivait depuis vingt ans avec la femme de son meilleur ami, mère de quatre enfans, quelle immoralité que ces tableaux d'adultère, applaudis chaque soir par un peuple qui se dit éclairé, et qui, la bouche béante et les yeux pleins de larmes, s'extasie devant cette indigne perfidie et la mort tragique d'une épouse coupable; et ce beau phraseur de M. Antony qui, parce qu'il est enfant trouvé, vient nous faire de belles phrases sur l'inconvenance de ne pas honorer un homme qui n'a ni famille, ni naissance, préjugé qui malheureusement n'est que trop tombé en désuétude aujourd'hui.

Et cet autre ambitieux, ce cruel Richard, s'écria à son tour un homme qui, par ambition, avait abandonné sa femme, et qui laissait mourir de faim son père pendant que lui se gorgeait d'or; méprisable caractère, qui venait conspirer chez la comtesse parce qu'il n'avait qu'un seul emploi, et que sous Charles X il en cumulait deux.

— Allons messieurs, interrompit enfin M. de Valreuse, occupons-nous de l'affaire qui nous rassemble; j'ai d'importantes nouvelles à vous communiquer.

Comtesse, votre antichambre est-il sûr? Peut-on parler sans risque?

— Parfaitement sûr, tous mes gens sont dévoués; mon valet de chambre est parent de Valérius, le fameux. . . .

Elle s'arrêta, feignit de rougir.

— Bon, bon! reprit le marquis; en ce cas là prenons place et veuillez m'écouter.

Puis il jeta un regard rapide sur l'assemblée,

et voyant qu'on était enfin disposé à l'entendre, il commença en ces termes :

— Vous le savez messieurs, le trône de Charles X est tombé parce que, comme son frère Louis XVI, son autre frère Louis XVIII, il était trop bon, trop indulgent, tranchons le mot, trop faible; c'est malheureusement un défaut qu'on peut reprocher avec raison à cette famille; ils n'ont jamais su se faire craindre; on a puni leur faiblesse et leur bonté comme on aurait puni des crimes; messieurs, notre roi est tombé, et vieux il a quitté la France pour aller vivre et peut-être mourir dans l'exil.

Beaucoup cependant, et nous sommes du nombre, lui sont restés fidèles; mais jusqu'à présent, messieurs, ce n'est que par des vœux sans doute sincères, par des conseils donnés aux autres, que nous avons travaillés au retour d'une famillle qui nous est pourtant si chère; mais enfin l'instant est arrivé, une conspiration forte et bien ourdie doit éclater avant deux mois; dans deux mois l'heure de la vengeance sonnera et la vertu reprendra sa place.

— Arrêtez-vous, monsieur le marquis, s'écria

un colonel de la garde royale, arrêtez-vous monsieur le marquis; je ne me suis point engagé, je ne m'engagerai jamais à soutenir la famille d'Holy-Rood pour faire remonter Charles X sur le trône ; sans doute il n'était qu'abusé, sans doute son cœur est pur de toute cruauté, mais il ne peut plus convenir à la France; c'est Henri V qu'il nous faut, et Henri V seul ; qu'on le confie à la France, qu'on l'envoie au milieu de nous sans défense, fort de sa seule innocence et de son bon droit, et mille épées se tireront pour lui rendre un trône, et un trône qu'il tiendra du peuple, de l'armée; et que ce ne soit point ici de fallacieuses promesses, que la royauté ne soit point seulement appuyée sur d'anciens droits. En un mot, messieurs, je retire mes promesses si un autre qu'Henri V vient régner en France.

Quelques conjurés se joignirent au colonel, d'autres rejetaient les abdications et demandaient Charles X, d'autres le duc d'Angoulême, ceux-ci proposaient une régence au nom de la duchesse de Berry, tous surtout voulaient jouer un rôle, mais personne n'était d'accord.

— Messieurs, messieurs, interrompit de nouveau le marquis de Valreuse, dont la vieille poitrine avait encore beaucoup de puissance ; je crains que nous ne prenions une mauvaise route, car nous disputons et il est temps d'agir. J'ai commencé par vous dire que j'avais une révélation importante à vous faire ; quand vous l'aurez entendue, vous conviendrez, j'en suis sûr, que nous n'avons pas de temps à perdre.

Un parti plus fort que vous ne croyez, plus puissant que le gouvernement ne le pense, s'agite et menace le nôtre. Un envoyé de l'Autriche est ici en rapport avec le parti napoléoniste, il est chargé de sonder les esprits, de savoir enfin si le parti veut agir ; car, dans ce moment comme toujours, l'Autriche ne se déclarera qu'à coup sûr, et elle aura même l'air de se faire forcer la main ; elle louvoiera, elle se fera prier ; mais enfin, avant que nous ayons pris un parti si nous disputons sans cesse, le fils de l'homme reparaîtra et sera proclamé empereur par les constitutions de l'empire.

— Impossible, impossible, s'écrient plusieurs voix ; il a été élevé par des prêtres et dans une complète ignorance ; puis l'Autriche elle-même le redouterait ; car, sans nul doute, il déchirerait un jour le sein qui le nourrit, le fils de Buonaparte ne pourrait être qu'un ingrat.

— Dites plutôt, messieurs, que c'est le défaut des Bourbons, s'écria un vieux général qui conspirait parce qu'on l'avait mis à la retraite, c'est une chose si reconnue, si avérée, qu'elle est passée en proverbe, et déjà depuis longtemps on dit : ingrat comme un Bourbon.

— Eh! messieurs, ne les accusons pas plus que les autres, reprit le colonel; et pour ne pas nous tromper, disons ingrat comme un roi, car ils le sont tous.

Mais parlons raison; monsieur le marquis quelle preuve avez-vous de la force du parti napoléoniste? Quel est leur envoyé?

— Un homme dit-on extraordinaire, répondit M. de Valreuse; il a servi en France et dans l'étranger; un homme assure-t-on tout-à-fait à part, d'un caractère et d'un mérite rare, dont l'existence aventureuse et même mystérieuse répand sur sa personne un intérêt inexplicable; il raconte dit-on des choses d'un temps très éloigné, et cependant il paraît jeune encore; il est à la fois russe et français; il possède, toujours à ce que dit la renommée, une fortune colossale, et pourtant il affecte une grande simplicité ; son nom est à la fois étranger et français, il se nomme. . . .

La porte du salon s'ouvrit et le valet de chambre de madame de Saint-Firmin, annonça à haute voix : le comte Petrowski de Villebois.

CHAPITRE XXI.

Le nouveau Caprice.

Le marquis de Valreuse regarda la personne qu'on venait d'annoncer avec des yeux pleins d'étonnement et de terreur ; on eût dit une apparition fantastique lui annonçant un danger dont il n'avait aucun moyen de se garantir ; les autres convives, quoique visiblement contrariés, n'éprouvaient pas la même émotion, car ils ignoraient que ce soi-disant envoyé de l'Autriche, ce chaud partisan de Napoléon II, fût précisément le comte Petrowski de Villebois, et très occupés d'examiner une personne dont l'aspect était vraiment remarquable, ils oubliaient presque, qu'étant rassemblés pour conspirer, il était assez surprenant de voir un étranger tomber ainsi au milieu d'eux.

La comtesse de Saint-Firmin n'avait-elle pas fait défendre sa porte, et pourquoi alors ses gens avaient-ils introduits cette visite si peu opportune, et qui pouvait même avoir de dangereuses suites? Le comte étranger ne pouvait-il pas s'étonner de voir la première, la plus ancienne noblesse de France ainsi réunie en conciliabule, car le salon de la comtesse n'avait pas l'air disposé pour une soirée de plaisir. On n'y voyait ni femmes ni tables de jeu : le milieu était occupé par un immense bureau sur lequel était placé un massif écritoire, les candélabres de la cheminée y avaient été posés.

C'était le marquis de Valreuse qui avait ordonné tous ces préparatifs, car son intention était de faire apposer la signature des assistans au bas d'une liste déjà assez longue de conjurés.

On s'était levé à la hâte et malgré le calme et le parfait usage du monde du comte Petrowski, il fut un moment embarrassé à la vue de l'assemblée presque imposante qui se montrait à ses yeux. Mais s'étant promptement remis, il présenta avec calme et aisance sa lettre d'introduction à la maîtresse de la maison.

— Une lettre de la princesse Karioska, de ma chère Pauleska, s'écria madame de Saint-Firmin ! Monsieur le comte, que je vous remercie de m'apporter de ses nouvelles, elle ne pouvait choisir un messager plus....

Elle hésita un instant sur l'épithète qu'elle devait ajouter, mais ayant considéré l'étranger avec un regard connaisseur, elle ajouta le mot agréable, accompagé d'un de ses plus attrayans souris et suivi d'une foule de questions au sujet de cette chère Pauleska dont elle se rappelait chaque jour; les réponses prononcées par le comte, étaient pleines de mesure et de bon ton, il fit des excuses d'être venu déranger une réunion qui avait probablement un but utile, et enfin se disposant à se retirer, M. de Villebois demanda la permission de revenir présenter ses hommages à la comtesse.

Celle-ci l'assura plusieurs fois qu'il lui ferait le plus grand plaisir, et lui répéta, avec une affectation qu'elle crut très adroite, qu'on était seulement réuni pour chercher à arranger une loterie en faveur des malheureux Polonais, et qu'on voulait de suite en arrêter les bases.

Le comte s'inclina respectueusement et sortit.

— Savez-vous qui vous venez de recevoir, comtesse, le savez-vous?

— Mais le comte Petrowski de Villebois, que m'adresse une ancienne amie que vous avez souvent vue chez moi il y a quelques années. Cet étranger est très bien, très beau, très.....

— Très tout ce que vous voudrez, continua le marquis avec humeur, mais cela n'empêche pas que sa présence ici ne soit bien extraordinaire et bien dangereuse. Savez-vous qui c'est enfin?

La comtesse fit un signe d'impatience, et ne répondit rien.

— Eh bien! ce beau comte, continua le marquis, toujours plus en colère, eh bien! ce beau comte, c'est cet envoyé de l'Autriche, ce partisan du fils de Buonaparte, celui enfin qui vient ici pour essayer de la replacer sur le trône.

Réjouissez-vous maintenant, faites lui toutes vos grâces; en vérité, comtesse, votre amour pous les belles figures est aussi par trop ridicule, et je ne vois pas la nécessité d'attirer cet étranger chez vous, chez vous, point de réunion des royalistes les plus purs.

Tous les assistans sentirent alors le danger qu'ils courraient, et le marquis bien aise de se venger de l'imprudence de sa belle-sœur, interpella le jeune Emmanuel qu'il croyait devoir facilement se ranger de son parti, car il lui semblait qu'il aurait dû trouver plus qu'inconvenant l'accueil encourageant qu'avait fait madame de Saint-Firmin au comte de Villebois. En effet, Emmanuel n'avait pas vu sans humeur cette affectation de politesse, et les regards de madame de Saint-Firmin lui étaient assez familiers pour en deviner les motifs sans se tromper.

Il répondit au marquis avec un peu de dépit: qu'en effet il lui semblait peu prudent d'attirer monsieur de Villebois dans une maison qu'on avait intérêt à ne pas signaler comme le lieu où se tenaient des réunions si importantes.

La comtesse flattée de ce qu'elle prenait pour de la jalousie de la part d'Emmanuel, se hâta de répondre qu'elle saurait poliment éloigner les visites du comte, et sonna son valet de chambre pour lui reprocher de l'avoir laissé entrer, tandis que dans le fond elle en était enchantée.

Le parent de Valérius déjà assez insolent, car il était dans le secret des conspirateurs, répondit un peu haut peut-être, qu'il n'avait pu refuser la porte à un homme de l'apparence de monsieur de Villebois, les croisées de madame étant si brillament éclairées qu'on ne pouvait dire sans malhonnêteté, ou sans éveiller des soupçons, que madame n'y était pas.

Il n'y avait rien à répondre à ce manque de précaution, il fallait seulement se repentir d'avoir mis tant d'éclat dans une réunion si importante, et qui devait être tenue si secrette. Cependant comme il était minuit, la conférence fut remise au lendemain : mais il n'y aurait pas un excellent dîner pour y rendre exact, mais on ne savait plus où on devait se réunir, il n'était pas possible de revenir chez madame de Saint-Firmin, et chacun se récusait pour donner asile aux conspirateurs, chacun avait une bonne raison de refus; cependant le moment était pressant, le marquis de Valreuse était le dispensateur du grand mobile des conspirations; il était très bien à Holy-Rood, et si on se montrait trop froid, trop peu empressé, on pourrait s'en repentir. Déjà il regardait tout le monde d'un air méfiant et mécontent, et on promit enfin de se rendre à un rendez-vous, n'importe où il serait.

La comtesse prétendait même qu'il n'y avait aucun danger d'éveiller le soupçon en revenant chez elle, mais monsieur de Valreuse fut le premier à prétendre qu'on ne devait point exposer une cause si importante et si chère, et s'adressant à Emmanuel, il lui demanda où il demeurait.

Celui-ci le dit, quoique assez embarrassé d'avouer qu'il occupait un élégant appartement rue de la Paix. Mais son embarras fit place à la terreur quand il entendit le marquis proposer de se rendre chez lui.

— Personne, continua monsieur de Valreuse,

n'a le moindre indice sur vous, votre âge, votre position, vous mettent à l'abri de tout soupçon. Ce sera d'ailleurs, mon jeune ami, une preuve de dévoûment que je ferai valoir en temps et lieu, et qui vous mettra bien auprès de nos maîtres.

Et comme il vit qu'Emmanuel et même madame de Saint-Firmin ne paraissaient pas enchantés de sa proposition, il ajouta avec cette hauteur sèche de grand seigneur :

— Oubliez-vous, jeune homme, que c'est sur les seules recommandations de ma belle-sœur que vous avez été admis ici ; que nous n'avons aucun gage de votre dévoûment et de votre bonne foi, et que cependant vous avez reçu des preuves de la munificence....

Madame de Saint-Firmin arrêta son beau-frère, car elle vit le front d'Emmanuel se couvrir de rougeur.

— Eh bien! Eh bien! s'écria-t-elle avec précipitation, monsieur de Ternan nous donnera du thé dans quelque jours chez lui, et personne n'y manquera, j'en suis sûre.

Après l'avoir promis chacun se retira.

Rentré chez lui, et livré à lui-même, le faible

Emmanuel pensa que tout n'était pas plaisir à devenir l'amant d'une grande dame, il se hâta de se placer dans son élégante couche, mais il fut long-temps à y trouver le sommeil. Cependant il fermait les yeux presque avec terreur, car brillaient auprès d'elle, le sabre et le fusil dont il se servit aux trois jours de juillet.

CHAPITRE XXII.

Le Comte de Saint-Germain.

— Eh bien! mon cher Verneuil, dit en se frottant les mains M. de Chavagnac, franchement que pensez-vous de mon ami, du comte Petrowski de Villebois? depuis plus de quinze jours vous le voyez chaque soir; il arrive toujours le premier et s'en va le dernier; il cause beaucoup avec vous, observe votre Louise et commence je crois à l'aimer. Mais elle quelle est son opinion snr son compte ?

— Mais l'opinion que peut avoir une jeune fille, reprit le concierge ; elle trouve le comte très beau, très remarquable, mais le cœur de Louise fût-il libre, ce qui malheureusement n'est pas, je doute encore qu'elle vînt à prendre de l'amour pour lui.

— Et pourquoi donc, s'écria M. de Chavagnac avec chagrin ?

— Ah pourquoi, mon cher, c'est que l'amour est un enfant qui s'effarouche du respect et ne vit guère avec lui ; que les manières du comte sont pleines d'une dignité si imposante, qu'une enfant, naïve comme Louise, doit, j'en suis sûr, se sentir un peu embarassée devant lui ; et puis on lit sur sa figure si belle, si régulière, la trace de grands chagrins qui paraissent avoir laissé dans son âme une impression solennelle. Comment ne produirait-il pas cet effet sur Louise, quand il me semble à moi, un homme à part, une de ces existences extraordinaires à laquelle on n'oserait, pour ainsi dire, mêler la sienne. Enfin, il paraît jeune encore, et il vous raconte des choses anciennes et extraordinaires, comme s'il en avait été le témoin. En un mot, rien ne lui est étranger ; tous les arts lui sont familiers, toutes les connaissances sont les siennes. Il étonne, il subjuge chaque jour davantage ; et quoique sa froideur ne se démente jamais, qu'il ne parle jamais de lui, je ne sais si cette réserve même ne pique pas la curiosité, mais on voudrait le connaître davantage sans pourtant oser l'interroger.

Hier il est entré au moment où je lisais de vieux détails sur ce fameux comte de Saint-Germain qui était, dit-on, si extraordinaire. Eh bien! riez, riez tant que vous voudrez, Chavagnac, mais votre comte Petrowski me semble avoir de grands rapports avec lui.

— Excepté, répondit M. de Chavagnac riant en effet de bon cœur, qu'il n'est pas couvert de diamans comme M. de Saint-Germain, qu'il ne compte pas ses années par centaines.

Moi qui l'ai connu ce M. de Saint-Germain, je puis vous assurer que c'était en effet, un homme fort extraordinaire. Je puis à ce propos vous dire sur son compte une anecdote où j'ai été acteur moi-même.

J'avais pour marraine une madame de Gergy, dont le mari était mort quand je naquis. Il y avait cinquante ans alors qu'il avait été ambassadeur à Venise; ma marraine qui l'y avait suivi, savait une foule d'anecdotes très curieuses qu'elle racontait admirablement.

J'avais quinze ans, on ne faisait pas grande attention à moi, et un jour ma marraine, par une coquetterie de vieille femme, se mit à raconter qu'elle avait été très courtisée par un homme fort extraordinaire, fort aimable et fort beau, nommé le comte de Saint-Germain.

Elle prétendait que leur liaison avait été très pure, mais comme on ne prête qu'aux gens riches et qu'on avait dit devant moi que madame de Gergy avait été fort galante, j'en avais conclu que madame de Gergy ne s'était pas montrée dans cette occasion plus cruelle que dans les autres.

Environ à cette époque parut à la cour ce fameux comte de Saint-Germain dont nous parlions tout-à-l'heure; il revit dans le monde madame de Gergy, qui lui demanda s'il n'était pas le fils du comte de Saint-Germain qu'elle avait connu il y avait cinquante ans, et qui à cette époque pouvait en avoir quarante-cinq. C'était à peu près l'âge qu'on pouvait donner à celui-ci.

Jugez quel effet dût produire sur elle l'assurance qu'il lui donna, que c'était lui-même qu'elle avait vu autrefois à Venise. Vainement lui rappelait-il les barcarolles vénitiennes qu'ils avaient chantées ensemble, les anecdotes qui leur avaient été communes, il fallut que le comte donnât à madame de Gergy des détails sans doute bien intimes pour qu'elle consentît à le croire.

A ce compte, M. de Saint-Germain devait avoir près de cent ans, son étonnant physique, ses talens, mille détails qui sont trop connus pour que je revienne sur eux, firent que madame de Gergy s'écria :

— Mais vous êtes donc un sorcier, un diable.

— Grâce des qualifications, s'écria-t-il.

Et tout son corps trembla, sa voix devint tonnante et il s'enfuit. J'étais présent, et je m'en fus partout contant que ma marraine avait eu dans sa jeunesse des liaisons fort intimes avec le diable, et que le comte de Saint-Germain n'était qu'un sorcier.

Cet homme savait tout ce qui se passait et tout ce qui se disait contre lui, il se vengea de mon inconséquence, comme du reste on doit se venger sur un enfant.

Un soir, chez ma marraine, on faisait cercle autour de lui pour l'entendre, je l'écoutais avec admiration, il s'approcha de moi, me flatta doucement la joue de sa main couverte de diamans et de rubis, il offrit des bonbons aux dames et m'en donna plusieurs qui me parurent d'un goût délicieux. Il était tard, on rentra, je fus me coucher, mais à mon réveil vainement voulus-je parler, ma langue était inhabile et muette, je ne pus en faire usage.

L'effroi de mes parens fut extrême, plusieurs médecins furent appelés, tous s'accordèrent à dire que c'était une paralysie locale et on tenta plusieurs médicamens qui furent inutiles.

Cependant j'étais frappé d'une idée, que je ne voulais communiquer qu'à ma marraine, elle vint heureusement, et au milieu de mon désespoir, je saisis une plume et je lui rappelai les pastilles que le comte de Saint-Germain m'avait données la veille. Elle frémit ma pauvre marraine, et sortit pour chercher le comte.

Sans doute il crut ma punition assez forte, car par un seul attouchement il me guérit, mais en me recommandant de n'y plus revenir, et de me souvenir que rien n'était dangereux comme une langue qui ne savait pas se contenir.

Je me le tint pour dit, et ne prononçai jamais le nom du comte, mais j'ai toujours cru, et je crois encore, que M. de Saint-Germoin possédait des secrets chimiques fort extraordinaires.

Il y eut à Paris des discussions sur cette science qu'il soutint avec un rare talent en anglais, en arabe, en portugais, en allemand, en italien etc., sans que les nationaux puissent lui reconnaître aucun accent étranger. Des orientaux, des érudits ont sondé son savoir et l'ont trouvé plus habile qu'eux; il peignait à l'huile d'une manière admirable, il était parfait musicien, aucun instrument ne lui était étranger; enfin, M. de Saint-Germain était une énigme dont sa mort, ou plutôt sa disparition, n'a pas donné le mot.

Ainsi, mon cher Verneuil, votre comparaison entre lui et M. de Villebois n'est pas très juste. Je le crois, l'existence de mon ami fut aventureuse et même extraordinaire, mais, j'en suis certain, toujours marquée au coin de l'honneur, et, je vous le répète, je verrais avec bien du plaisir qu'il s'attachât à votre Louise, et qu'il parvînt à chasser de sa jeune imagination l'image d'un homme qu'elle ne peut plus estimer.

— Comment, s'écria le vieux concierge, Emmanuel...

— Emmanuel, reprit le marquis d'un ton grave, s'est jeté non seulement dans une voie dangereuse, mais méprisable, il conspire, et il conspire pour de l'or.

Il conspire parce qu'une femme avilie l'a entraîné dans un parti, que je respecte sans doute, que je voudrais voir triompher, mais par la légalité et l'approbation publique. Sans doute je voudrais que les Bourbons, mieux connus, mieux conseillés surtout, remontassent sur leur trône. Mais quel appui que des hommes qui conspirent pour de l'argent et des places.

Ce jeune de Ternan surtout a fait plus que d'abandonner sa cause, il l'a trahie. Ah! mon cher Verneuil, je le crains bien, sa mère pleurera en larmes de sang le jour où elle l'enfanta.

— Sa mère! s'écria Verneuil, vous la connaissez donc?

— Pas moi; mais quelqu'un bien fait pour la juger, m'a assuré qu'elle était aussi vertueuse que bonne, elle aime son fils avec une tendresse passionnée, et elle mourra s'il succombe dans cette lutte honteuse.

Et il succombera, mon vieil ami, il succombera; cette comtesse de Saint-Firmin, Messaline du dix-neuvième siècle, méprisable courtisane titrée l'entraîne à sa perte; elle l'a rendu perfide, infidèle, elle lui a donné un goût effréné de luxe et de dépense; déjà il a reçu une somme considérable du parti d'Holy-Rood, et si ce parti était découvert le jeune Emmanuel serait la victime, ses complices se sauveraient en le perdant.

Et comment ne serait-il pas découvert? lorsque l'on se fait des complices avec de l'or, l'or vous amène des traîtres.

D'ailleurs, pour ce malheureux de Ternan, le souvenir des promesses et des amis qu'il a trahis doit bourreler sa conscience. Verneuil, il faut absolument que votre fille l'oublie; il faut qu'elle aime Villebois.

Comme le marquis achevait cette phrase, elle entrait en même temps que le comte Petrowski; Louise rougit et devint tremblante, car elle pensa qu'il avait entendu comme elle ce qu'avait dit l'ancien ami de son père.

CHAPITRE XXIII.

Le Thé.

A peine quinze jours s'étaient-ils écoulés depuis celui où Emmanuel l'œil abattu, la bouche grimaçant un sourire, avait dû attendre la noble société qui s'était conviée à son thé.

Tout avait été préparé avec cette élégance qu'on emploie même dans une conférence diplomatique ; mais comme le thé, tel parfumé qu'il soit, ne monte pas à la tête, on peut entremêler les projets sérieux, les complots importans, avec les libations de la liqueur qu'offrait M. de Ternan, ou plutôt madame de Saint-Firmin ; car, dans le joli appartement du lieutenant de Chartres, elle régnait en despote.

Il tenait tout d'elle, et peut-être, depuis quelques jours occupée d'une autre idée, elle pensait, plus souvent qu'elle ne l'aurait dû, à ce que lui avait coûté son caprice pour Emmanuel. Aussi, arrivée la première au rendez-vous, il avait dû reconnaître qu'elle était assez mal disposée, à la hauteur avec laquelle elle lui avait conseillé de se dispenser de faire trophée des armes dont il s'était servi dans les trois journées.

Déjà depuis long-temps, la noble comtesse avait fait sentir à son esclave que le ruban de juillet, proscrit dans les bals de la cour, devait l'être encore dans la vie habituelle, il ne le portait plus ; mais il le touchait encore avec souvenir et respect.

Hélas! le matin du jour où il allait commencer son rôle de conjuré, il avait reçu une lettre qui l'avait bouleversé ; le style en était laconique et de nature à faire réfléchir une âme plus ferme que celle d'Emmanuel.

Sans sa faiblesse cette âme serait restée noble et pure, car il souffrait horriblement de s'être avili ; et depuis le jour où il avait été infidèle à l'amour, parjure à l'amitié, il était par momens le plus malheureux des hommes. C'est un type plus commun qu'on ne le pense, que ces caractères bons mais incertains, ardens mais peu stables, formant de bonnes résolutions promptement détruites par la vanité et l'inconstance, et n'étant jamais heureux sans remords, ni malheureux sans perdre courage.

Pauvre Emmanuel! qu'il était changé depuis ce beau soleil des trois jours, où, couvert de sang et de poussière, il aidait à donner une si forte leçon aux rois; si forte et si promptement oubliée.

Qu'il était noble et beau quand, dédaignant tout pour défendre la cause des malheureux, il criait seulement : *la liberté et du pain;* quand sur sa poitrine reposait une mèche de cheveux, que l'infidélité offensa quelquefois, mais n'était jamais parvenue à éloigner!

Qu'il était intéressant alors qu'il hésitait s'il

sacrifierait, la pauvre et simple jeune fille, au caprice d'une grande dame !

Mais il avait succombé ; la mèche de cheveux avait été reléguée dans la cassette que lui avait donné sa mère, et sur des lèvres souvent souillées, il avait prononcé le serment de ne plus penser à Louise ; puis, il avait renié ses anciens amis ; et il ne voyait plus aucun de ceux avec lesquels il avait défendu une noble cause.

Plus d'une fois son léger tilbury avait éclaboussé les camarades qui avaient partagé leur chétive bourse avec lui. Mais le souvenir vengeur, le souvenir qui flétrit tant de plaisirs, qui rend souvent amères les jouissances auxquelles on sacrifie tout, le rendait par fois rêveur et distrait. Comme une pensée poignante revenait souvent à sa mémoire, ces longues causeries de la confiance où, le bras enlacé à celui d'un ami, il faisait de ces projets à perte de vue, de ces projets dorés de la jeunesse, pour enrichir sa mère et aider ses amis ; et puis, Louise apparaissant alors, avec sa brillante figure de jeunesse, égayait et complétait son avenir ; puis, c'étaient de ces dîners modestes, où l'on jouissait de se traiter moins grandement pour avoir un convive de plus; puis c'était [illegible] c'était enfin la bonne foi, l'indépendance, [illegible] l'amour opposés à des chaînes dorées mais pesantes.

Il ne lui était pas permis d'être rêveur ni malade, et bientôt il ne lui serait plus permis d'avoir de l'honneur ni de la loyauté, car il allait signer, le soir même, son premier acte de bassesse; et c'était le matin même qu'il reçut une lettre ainsi conçue :

« Nousne pouvons le croire, Emmanuel, nous » nous refusons encore à la conviction de notre » esprit, à la vue de ta bassesse; nous n'écou- » tons encore que nos cœurs pour te juger.

» Non, tu n'es point un lâche, non, tu ne » dois pas ta vie inutile, ou plutôt déshonorée, » à une indigne trahison; tu n'as point juré » d'aider à river les chaînes de tes frères; tu » n'as point juré que tu serais l'esclave des » grands.

» Non, Emmanuel, tu ne peux conspirer con- » tre la liberté de ton pays. Certes, quelles que » soient nos opinions, nous respecterions la » tienne si elle était une conviction, ou si, en » conspirant, pour amener un roi qui fit tirer » sur son peuple, tu pouvais croire que la leçon

» du malheur ne serait pas perdue pour lui et » pour sa famille ; mais tu ne peux t'abuser à ce » point, et si tu étais assez crédule pour le faire, » songe aux chefs de cette conjuration où tu » vas te jeter.

» Tu y reconnaîtras des hommes vils sous tous » les gouvernemens, qui conspirent aujourd'hui » pour un roi, parce qu'ils n'ont pas obtenu tout » ce qu'ils voulaient de l'autre. »

Puis suivaient en toutes lettres les noms de ceux qui avaient dîné chez madame de Saint-Firmin, et qui devaient aussi se rendre chez lui le soir. Ces mots remarquables fermaient cette lettre :

« Souviens-toi qu'en ta présence, et ta voix » se mêlant à la nôtre, nous avons juré la mort » du premier traître qui se leverait parmi nous. » Emmanuel, faudra-t-il que notre poignard » fasse couler ton sang avili ? »

Cette lettre, cachée sur le cœur d'Emmanuel, le faisait palpiter d'effroi pendant qu'on dissertait la manière la plus sûre de rendre aux Bourbons le trône qu'on leur avait arraché. Déjà, malgré lui, il avait entendu des projets de sang et de trahison ; déjà il savait où étaient les armes, où on s'adresserait pour faire son rapport ; ils savait quels étaient les traîtres dans l'Etat, et il frémissait encore plus de mépris que de terreur.

— Vous, notre jeune ami, dit le marquis de Valreuse, il faudra tâcher de retourner à votre régiment ; vous essayerez, avec prudence, de nous y faire des partisans ; vous promettrez des grades, des croix aux officiers, de l'or aux soldats, et tout s'arrangera.

Hélas! j'aurais tant voulu, ajouta-t-il avec une réflexion mêlée d'amertume, j'aurais tant voulu que ce Louis-Philippe n'entrât jamais aux Tuileries. Lui, l'Empire et la République ont souillés ce glorieux palais.

— Souillé! s'écria un chaud partisan de Charles X, c'est vrai ; mais qu'importe ; le sang purifie comme le feu, et la présence de nos maîtres lui rendra toute sa splendeur. Ils ne seront pas ici vingt-quatre heures, que ce ridicule jardinet disparaîtra comme par enchantement

L'ombre de Catherine de Médicis, qui la première ordonna la construction de ce beau monument, celle de Le Notre, qui dessina et embellit ces jardins, doivent tressaillir d'indignation de voir ainsi profaner ces lieux élevés pour nos rois légitimes ; ces lieux témoins de tant de triomphes et de gloire.

— Et de malheurs, interrompit avec force l'ex-colonel de la garde royale ; eh ! messieurs, ce ne sont point seulement d'antiques pierres que nous devons rendre au jeune roi, s'il rentre dans son palais ; il faut lui montrer aussi la fenêtre où l'infâme Charles IX tira sur son peuple, et lui dire :

Là, un roi a été plus méprisable, plus cruel qu'un bourreau.

Il faudrait, en lui montrant cette place du Carrousel, qui doit son nom à la prodigalité de Louis XIV pour ses maîtresses, il faudrait lui dire :

Que c'est un crime de prodiguer la sueur du peuple pour plaire à une courtisane.

Il faudrait le promener dans ces appartemens dont les murailles ont entendu et des ris et des pleurs ; où les parquets, tour à tour couverts de tapis fleurdelisés et d'abeilles, ont été jadis foulés par Henri IV, le meilleur et le plus regretté des rois.

Par Louis XIII, qui eût été à la fois le plus

cruel et le plus insignifiant des monarques, si Richelieu n'avait pas régné sous son nom.

Par Louis XIV, monarque vaniteux, qui n'eût jamais reçu le nom de Grand, si sous son règne n'avaient paru des Turenne, des Condé, des Villars et tant d'autres, un ministre comme Colbert, des génies comme Racine, Molière, Boileau, Bossuet, etc., etc., etc.

Que ce Louis XIV fut aussi le bourreau de ses peuples puisqu'il révoca l'édit de Nantes et permit les dragonades, et que, pendant qu'il jetait des millions dans les marais de Versailles, et qu'il payait un sourire avec des perles et des diamans, le peuple mourait de faim et le maudissait.

Je voudrais qu'on le fît coucher aux Tuileries, dans cette chambre où Louis XV enfant passa le temps de la régence ; je voudrais qu'on l'entourât d'hommes à cœur élevé et juste. Je voudrais qu'on lui dit : ....

— Eh! monsieur, on lui dira tout ce qu'il faudra lui dire, s'écria le marquis de Valreuse avec impatience, croyez-vous qu'on ne sache pas ce qu'il faut à la France pour qn'elle soit heureuse?

Mon cher monsieur de Ternan, continua-t-il, donnez-nous, je vous prie, tout ce qui est nécessaire pour écrire, car il ne faut appeler personne ici; nous allons, à l'instant même, rédiger les articles d'un traité que nous signerons tous; vous voudrez bien, s'il vous plaît, nous servir de secrétaire.

Emmanuel s'assit sans répliquer, et, de sa main tremblante, prit une plume pour écrire ce qu'allait lui dicter le marquis de Valreuse.

CHAPITRE XXIV.

L'Engagement.

« Le 22 décembre 1830, les soussignés se
» sont réunis de leur plein gré, sans y être forcé
» par aucune violence, seulement animés par
» l'amour qu'ils portent à la dynastie légitime,
» et par le désir de voir la France tirée de l'état
» de malheur et d'avilissement où elle est réduite;

» afin de s'entendre pour amener à bien le retour
» de la branche aînée des Bourbons réfugiée à
» Holy-Rood. Chacun d'eux s'engage, sur l'hon-
» neur, à ne rien négliger, à sacrifier places, ti-
» tres, fortunes, leurs vies même, pour faire
» réussir les moyens que l'on doit mettre en
» œuvre, et qui seront communiqués avec fran-
» chise et loyauté. Chacun d'eux s'engage à ne
» respecter ni liens de famille, ni liens d'amitié,
» ni secrets confiés, ni sermens nouveaux. On ne
» doit reculer ni devant le danger de recevoir la
» mort, ni devant celui de la donner. »

Monsieur le marquis, s'écria Emmanuel, un tel engagement va trop loin; n'a-t-on pas versé assez de sang?

— Non, monsieur, répondit le marquis d'une voix tonnante, non, monsieur, puisqu'il reste encore des traîtres.

Pensez-vous d'ailleurs qu'on fasse une révolution avec des phrases et de belles paroles. Nous sommes plus avancés que vous ne le croyez, jeune homme, car nous avons pour nous la partie de la nation qui avait à perdre, et l'intérêt personnel est le plus sûr mobile des hommes.

Mais je m'étonne, monsieur, que vous fassiez une telle réflexion, avez-vous cru que nous pourrions écouter chaque observation, chaque avis, et que si nos propositions déplaisaient on serait libre de pouvoir se retirer connaissant une partie de nos secrets, et se faisant un devoir sans doute d'aller les dénoncer.

— Monsieur, s'écria Emmanuel avec indignation, votre âge vous donne bien des droits, excepté celui de me déshonorer, et si je trouve vos conditions trop cruelles pour les accepter en mettant mon nom au bas de cet engagement, que me ferez-vous?... mourir.

Eh bien ! monsieur, je ne crains pas la mort.

La comtesse s'approcha d'Emmanuel, lui dit quelques mots tout bas, et il se tut. Mais la confiance était détruite, chacun rentrait en lui-même, et se demandait à son tour s'il devait signer ce dangereux engagement. On se réunissait en groupe, on essayait d'être confiant, on n'était qu'inquiet, et le marquis sentit que, si l'on se séparait ainsi, la peur d'être compromis ferait plus d'un traître.

M. de Valreuse était un homme habile, et par goût il avait conspiré toute sa vie, le système des concessions lui avait toujours semblé nécessaire ; aussi malgré sa violence, il s'y soumit.

— Eh bien! mon jeune ami, prononça-t-il, comme si la réflexion l'eût ramené à l'opinion d'Emmanuel ; eh bien! mon jeune ami, peut-être avez-vous raison, il ne faut pas s'engager à mêler le sang et la mort dans un projet si noble et si digne d'éloges. Espérons que de tels moyens seront inutiles ; espérons.

Nous avons d'ailleurs tout lieu de penser que tout se passera bien ; les puissances étrangères ne nous sont pas contraires ; l'armée est blessée de l'attitude rampante du gouvernement ; le peuple est malheureux, et nous sommes bien plus nombreux que vous ne le croyez peut-être. Mais comme enfin une telle entreprise demande une participation libre et entière, celui qui ne veut plus y coopérer peut se retirer à l'instant même.

Et vous, jeune homme, continua le marquis avec une expression paternelle, vous que j'avais choisi dans ma pensée comme un de nos plus fermes appuis, vous dont le père fut un des fidèles serviteurs du Roi-Martyr, vous enfin que j'avais déjà peint à nos princes malheureux comme leur appui le plus ferme, le plus dévoué, vous êtes libre, jeune homme; vous l'êtes tous, messieurs, et seul ici je signe cet engagement.

Après ce beau mouvement oratoire, le marquis pris la plume et s'apprêta à signer. Emmanuel entraîné par la mobilité et la faiblesse de son caractère, l'arracha, pour ainsi dire, au marquis, et plaça le premier son nom sans hésiter.

Son exemple fut suivi à l'instant même. Tant le moment présent et quelques phrases généreuses ont d'effet sur les hommes réunis.

Vint ensuite plusieurs propositions faites par le marquis, et on parla beaucoup sans rien conclure d'essentiel, si ce n'est qu'Emmanuel fut chargé de sonder quelques officiers de sa connaissance.

Il devra donc plus que jamais se lancer dans le grand monde, se livrer au plaisir, il devra enfin conspirer en dansant, et devenir un espion fashionable.

Tout cela était présenté par le marquis avec une adresse de vieux courtisan qui ennoblit une tâche avilissante.

— Et vous, ma chère belle-sœur, reprit ensuite le marquis, rendez-nous un peu compte de vos succès, et je ne doute point que vous n'en ayez eu, car il ne faut qu'une jolie femme pour avancer une affaire où il s'agit de séduire, et dans les visites que vous recevez le matin, vous en apprenez bien long des jeunes gens qui sont à vos pieds, et que vous séduisez le soir.

Savez-vous enfin si l'on m'a dit la verité en m'assurant que cet étranger, tombé si mal à propos chez vous lors de notre précédente réunion, est réellement un envoyé de l'Autriche, un partisan de ce petit intrus.

L'ancien général jeta sur le marquis un regard sévère que celui-ci n'eut pas l'air de remarquer et continua :

Enfin savez-vous quelque chose de positif.

Madame de Saint-Firmin avait un peu rougi, car ce jour même, sous un prétexte assez léger, elle avait éloigné Emmanuel toute la matinée. Mais c'était une femme trop usagée pour montrer de l'embarras, et elle répondit sans hésiter qu'elle ne savait encore rien de positif, mais qu'elle avait cependant appris qu'il était fort lié avec le marquis de Chavagnac avec lequel il passait toutes ses soirées.

Le marquis de Chavagnac, ajouta-t-elle avec une malice de femme qui sait où elle doit frapper, est un vieux libertin, sententieux, ennuyeux, raconteur, et surtout fort amateur des jeunes filles. Il passe sa vie chez un ancien concierge des Tuileries qui en a une, d'une beauté commune, mais, dit-on, assez remarquable.

Il a présenté là le beau Petrówski qui fait, dit-on encore, nombre avec les adorateurs de cette petite fille; c'est, assure-t-on, une mode de se mettre ainsi sur les rangs. Ce concierge dont le marquis de Chavagnac veut à toute force faire un personnage, un prince, un monarque détrôné peut-être, réunit chez lui de beaux esprits qui racontent chacun à leur tour. Il y a là un vieux républicain nommé Regnaud qui sappe toutes les royautés en faisant les yeux doux à la petite fille, des auteurs, des avocats, des... enfin de tout.

—Mais, s'écria le marquis de Valreuse, n'y a-t-il personne parmi nous qui ait été dans cette maison? Il serait essentiel de se rapprocher de ce Villebois.

— Si vraiment, prononça madame de Saint-Firmin en ricanant; M. de Ternan fut aussi attaché au char de cette moderne Hélène; et peut-être attend-il qu'elle ait un nouveau Ménélas pour se remettre sur les rangs; car je ne suppose pas qu'il ait jamais eu des pensées sérieuses concernant cette jeune fille.

Emmanuel allait répondre vivement quand il jeta un regard sur ce qui l'entourait. Le malheureux n'était plus son maître; il le sentit et il se tut: car si les liens d'un amour pur et vrai sont brisés sans pitié, si, sans ménagement, quelques hommes repoussent un souvenir qui reste si cher à l'innocence, il n'est pas si facile de se dégager des chaînes de celle qui nous a rendu méprisable, qui a acheté notre amour, qui a fait d'un honnête homme un trompeur, d'un étourdi un joueur, d'un homme seulement infidèle un libertin sans pudeur: tel qu'allait devenir Emmanuel.

— Qu'importe, s'écria le marquis, qu'on séduise une femme de plus. Si M. de Ternan, en faisant sa cour pouvait parvenir à se lier avec ce Villebois, si....

— Monsieur, interrompit Emmanuel, depuis long-temps je ne vais plus chez M. de Verneuil.

— De Verneuil, répéta le marquis, qui appelez-vous M. de Verneuil?

— Le concierge, reprit ironiquement la comtesse, le père de l'héroïne en question.

— J'ai connu, continua le marquis, un jeune homme fort remarquable, nommé Verneuil. Il disparut, chargé, je crois, par la reine de quelque importante mission. On parla aussi dans le temps de fortune manquée, je crois que son père même le deshérita pour quelques folies. Du reste, ce Verneuil était d'une noblesse fort ancienne, et ce ne peut être lui, car il ne serait pas dans cette obscure position. Celui que j'ai connu était fort beau, et, s'il m'en souvient, fort romanesque; mais ce ne peut être lui.

M. de Ternan, lui avez-vous jamais entendu parler de sa famille?

— Non, monsieur, répondit Emmanuel avec une répugnance très marquée; mais je ne m'étonnerais pas que la naissance de M. de Verneuil ne fût distinguée, car ses manières le sont beaucoup ; et quoique d'un âge avancé, ses traits sont encore très beaux.

— Laissons tout cela, interrompit madame de Saint-Firmin, je saurai bien parvenir à savoir ce que c'est que ce M. de Villebois sans que personne s'en mêle.

J'ai invité le comte à une soirée intime que je donne demain. Vous seul, mon frère, et M. de Ternise, des personnes qui sont ici, devront y paraître, car il faut éviter qu'il revoie la même société réunie chez moi. Je m'en dédommagerai bientôt, ajouta la comtesse avec grâce.

Ensuite la conversation revint sur ce que chacun ferait pour la grande affaire. Il fut convenu surtout qu'on ne hasarderait que des démarches prudentes, car les yeux du gouvernement ne se fermaient jamais. On ne dort guère quand on sait qu'on n'est point aimé ; enfin on se sépara.

Emmanuel reconduisit madame de Saint-Firmin chez elle, elle trouva qu'il était trop bonne heure pour demeurer seul, et l'engagea à rester. Il essaya d'être tendre, de lui montrer, si ce n'est de l'amour, du moins de cette passion du moment qui le remplace. Mais malgré lui, il était distrait, abattu, et on le renvoya encore beaucoup plus mal disposé pour lui.

Peut être une image nouvelle agissait-elle aussi sur la comtesse ; ce qu'il y a de certain, c'est qu'elle vit Emmanuel la quitter sans regret. Et lui, semblable à l'esclave qui au moins dans le sommeil trouve sa liberté, revint chez lui chercher ce bien si doux.

En se déshabillant il vit tomber à ses pieds la lettre qu'il avait reçue le matin ; il la livra aux flammes. Mais vainement l'eut-il détruite, les expressions revinrent dans ses songes menaçantes et terribles ; puis s'y joignit l'image de cette jeune fille qu'il avait tant aimée ; puis le souvenir de ce comte étranger qui lui déplaisait sans presque le connaître, et puis le poids des remords vint s'unir à une jalousie sourde qu'il n'osait s'avouer.

Il se réveilla fatigué, mal à son aise, la comtesse n'avait point désiré le voir le matin, pourtant il fut chez elle ; elle ne le reçut pas ; alors il fut assez mélancoliquement monter à cheval, et se disposa à aller réfléchir et rêver au bois de Boulogne ; mais il rencontra plusieurs jeunes gens qui lui firent des complimens sur sa monture, et qui lui envièrent ce bel animal : plusieurs jolies femmes l'accueillirent d'un sourire ; alors toute trace de remords et de chagrin disparut, il se crut le plus heureux des hommes.

CHAPITRE XXV.

Les Rivaux.

S'IL est quelque chose d'inexplicable, même à ses propres yeux, c'est le cœur d'une jeune fille tour à tour tourmentée par le souvenir d'un amour trompé, se révoltant avec cette vanité féminine qui n'est qu'une impuissante colère ; et passant rapidement d'un regret déchirant à une froideur passagère.

Tantôt elle se croit guérie parce qu'elle retrouve cette innocente coquetterie qui vient de la gaîté et de la légèreté de l'âge ; tantôt elle est malade, énervée, abattue, cherchant les consolations et presque la pitié.

Telle était la situation de Louise, si charmante et pourtant abandonnée par un ingrat ; sans s'en apercevoir elle-même, elle se rapprochait chaque jour davantage du comte Petrowski ; car elle ne croyait point que ce fût avec la prétention de lui plaire qu'il l'environnât de soins et d'attention.

Son air de dignité mélancolique, sa noble et majestueuse figure, ôtaient à tous ceux qui l'approchaient l'idée qu'il pût employer une galanterie ordinaire pour plaire à une femme ; et malgré les paroles que Louise avait entendu prononcer par le marquis de Chavagnac, il lui semblait impossible que le comte pût prendre avec elle le ton et les manières d'un amant. Elle ne pouvait pourtant s'expliquer l'attrait qu'elle ressentait pour lui ; mais cet attrait n'avait rien que de calme, de consolant ; et avec son cœur blessé, et sa tête malade, elle préférait à tout la société sérieuse du comte.

Cette préférence mécontentait extrêmement l'austère Regnaud qui s'en vengeait en lançant ses acerbes épigrammes, ses expressions presque déplacées, auxquels on reconnaît toujours l'homme mécontent, et qui ne sait point aimer.

Le comte de Villebois dédaignait de les relever, et ne paraissait pas faire plus d'attention à l'air piqué de deux ou trois jeunes gens qui étourdissaient Louise de leurs fades déclarations. Toujours poli et parfaitement aimable, il écoutait beaucoup, et ne devenait causeur que quand le cercle se rétrécissait ; alors qu'il y avait nombreuse compagnie, il s'entretenait avec Louise ou avec son père ; et plus souvent encore il se bornait à observer la jeune fille. Quand elle relevait sa tête abattue qu'un triste souvenir ou une décourageante pensée avait courbée, elle retrouvait avec plaisir près d'elle celui qui n'était point son amant et qui pourtant était plus qu'un ami.

Alors, si dans la conversation la pauvre petite entendait, sur celui qu'elle avait tant aimé, qu'elle aimait encore, de ces réflexions qui appellent le blâme et le mépris, elle aimait à écouter la voix grave et douce du comte défendre l'absent, et repousser les jugemens précipités qui flétrissent toute une vie.

Un soir un de ces jeunes gens qui faisaient profession d'adorer Louise, qui lui juraient, quand elle voulait bien le permettre, que la vie sans elle lui serait insupportable, un soir donc qu'elle ne répondait qu'avec indifférence, il voulut se venger. Quelques antécédens lui avaient appris quel en serait le moyen, et, s'adressant au père de Louise :

— J'espère, monsieur de Verneuil, que vous ne recevriez plus Emmanuel de Ternan s'il se présentait chez vous ?

— Et pourquoi, monsieur, répondit celui-ci, tandis que la pauvre Louise baissait ses yeux baignés de larmes, et son front plein de rougeur, pourquoi ?

— Parce qu'il se conduit d'une manière tout-à-fait méprisable, que ce n'est point assez pour lui de faire des dépenses extravagantes, quand personne n'ignore que sa mère meurt de besoin au fond d'une province, il est devenu joueur, et a perdu, dit-on, une somme considérable ces jours derniers. D'où lui vient cet argent, si ce n'est d'une source dont il devrait rougir.

On assure même qu'il doit se battre avec son adversaire au jeu, parce que celui-ci lui a dit des mots forts piquans; on ajoute encore que sa naissance, dont il est aujourd'hui si fier, est commune et obscure, et qu'enfin....

— Si les murailles de ce château pouvaient parler, interrompit avec beaucoup de sang-froid le comte de Villebois, ils donneraient, monsieur, un démenti bien formel au dernier argument que nous employez contre M. de Ternan.

Car ici même, dans ce palais, sa mère brillante de jeunesse et de beauté, et placée dans un rang qui l'approchait de sa souveraine, sut, le jour où des forcenés voulurent assassiner un roi faible, mais innoncent, des femmes et des enfans, faire de son corps un rempart à la reine, et pour les empêcher d'entrer dans l'appartement de S. M., elle laissa presque mutiler son bras délicat.

Il se tut, le silence régna un instant, et celui qui avait avancé une opinion aussi légère sur la famille d'Emmanuel se sentit embarrassé de cette froide et simple vérité avec laquelle le comte l'avait repoussé.

Mais le comte, dont la bienveillance s'unissait à un peu de hauteur peut-être, sentant la confusion du jeune étourdi, reprit la conversation avec plus de chaleur qu'il n'en mettait ordinairement.

— Je suis persuadé, monsieur, lui dit-il, que vous ignoriez entièrement ce que je viens de vous apprendre, car j'ai toujours remarqué que vos jugemens sur les absens étaient empreints de plus de bienveillance.

Je dois aussi rectifier une autre erreur, madame de Ternan, sans être riche, est à son aise, et ne meurt pas de besoin au fond d'une province.

La conversation prit un autre cours, mais le sentiment qu'elle avait inspiré à Louise resta présent à sa pensée, elle jeta un regard attendri sur le comte et quand la société fut devenue tout-à-fait intime, elle se hasarda à lui demander s'il connaissait depuis bien long-temps la famille de Ternan.

— Depuis très long-temps, mademoiselle, répondit le comte en évitant de la regarder, car il la sentait embarrassée, depuis très long-temps, et je sais que la mère de ce jeune Emmanuel mérite le respect de tous ceux qui l'approchent;

et je désirais par intérêt pour elle que ce qu'on a dit sur la conduite de son fils ne fût pas plus vrai que les soupçons qu'on élevait sur sa naissance. Car madame de Ternan, restée veuve jeune encore, a reporté toute sa tendresse sur ce jeune homme qui semblait naguère justifier ses espérances; il serait heureux que quelqu'un qui aurait de l'empire sur lui l'arrêtât sur le bord du précipice où il est à prêt à tomber.

Il se tut.

Louise prononça alors d'une voix timide :

— Monsieur le comte, pourquoi ne serait-ce pas vous? Vous avez été lié avec sa famille, vous l'êtes peut-être encore; il est impossible de vous connaître sans vous respecter, sans se laisser dominer par la confiance, par le charme... Elle s'arrêta, car elle sentit qu'elle venait de se servir d'une expression un peu hasardée.

Mais le comte reprit sans paraître attacher plus d'importance qu'il ne fallait à cette expression :

— Sans doute mon âge, elle le regarda en souriant, il reprit : oui, mademoiselle, mon âge pourrait justifier cet intérêt, mais je ne sais pourquoi, M. de Ternan me traite avec une....

je crois que j'allais dire, avec une jalousie, ajouta-t-il en la regardant fixement.

Louise baissa les yeux, et répondit avec une malice de femme :

— Vous allez donc bien souvent chez madame de Saint-Firmin?

Puis ils échangèrent un regard, et la jeune fille comprit dans ce moment ce qu'elle n'avait pas encore soupçonné : c'est que ce n'était pas de madame de Saint-Firmin qu'Emmanuel était jaloux; c'est que ce n'était pas seulement le rôle d'un ami que voulait jouer le comte auprès d'elle.

CHAPITRE XXVI.

Le Vice et le Remords.

Si Emmanuel de Ternan avait été sérieusement amoureux de madame de Saint-Firmin, il eût été trop à plaindre, car aux remords qui déchiraient sa vie, se serait joint la douleur de lui voir préparer une infidélité qu'elle ne se donnait même plus la peine de cacher.

Ce n'était plus pour le jeune lieutenant de Chartres qu'étaient les attentions, les préférences; ce n'était plus pour lui qu'elle était seule le matin, et si parée le soir; ce n'était plus pour lui ses airs de langueur et de provocation qui animaient tour à tour la figure de la coquette.

Il était devenu presque importun, car quelque peu de cérémonie qu'une grande dame mette à former ou à rompre une liaison, il est de certains droits qu'on ne vous ôte pas sans qu'on cherche à les retenir; sans que, même sans éprouver d'amour, on soit piqué d'être privé, de ces choses auxquelles on tient peu lorsqu'on les possède, mais qu'on ne veut pas se voir enlever pour les donner à un autre.

Il n'était pas aussi facile de savoir ce que pensait le nouvel objet du caprice de la comtesse, car le comte de Villebois, armé d'une dignité pleine de galanterie, laissait peu de prise à l'observation. Le jour où madame de Saint-Firmin avait un peu malgré elle, et seulement par respect humain, invité son beau-frère et Emmanuel à sa soirée, elle avait été d'une attention, d'une grâce, d'une gaîté tout-à-fait séduisante. On avait fait de la musique, le jeu y avait ensuite succédé, et dans tous ces momens M. de Villebois s'était vu le but de la coquetterie la plus marquée de la comtesse.

Sans doute Emmanuel n'aimait pas cette dernière, et s'il eût bien sondé son cœur il se serait avoué que la répugnance que lui inspirait le comte étranger tenait plutôt aux prétentions qu'il affichait, disait-on, auprès de Louise qu'à ses succès vis-à-vis de madame de Saint-Firmin; et puis d'ailleurs un rival ne nous déplaît jamais tant que quand il peut réussir à plaire, et sous ce rapport, Emmanuel était forcé de s'avouer que si quelqu'un le devait faire oublier à Louise c'était le comte.

Il n'avait pas le droit d'être jaloux sans doute, il ne s'avouait pas qu'il le fût, mais le cœur humain est si complètement déraisonnable qu'il veut à la fois conserver ce qu'il a mérité de perdre, retenir ce qu'il a dédaigné.

Définitivement Emmanuel détestait le comte, et plusieurs fois dans cette soirée et dans celles qui la suivirent, il trouva le moyen de lui répondre avec une hauteur que long-temps celui-ci ne fit pas semblant de remarquer.

Madame de Saint-Firmin, flattée d'une humeur qu'elle attribuait à la jalousie, mais ennuyée de trouver Emmanuel près d'elle quand elle voulait faire quelque agacerie au comte, prit le parti d'engager celui-ci à venir souvent le matin causer avec elle de la princesse Pauleska.

Mais ce n'était pas un homme facile à subjuguer que M. de Villebois; il connaissait bien tous les manèges d'une femme du monde, il se sentait d'ailleurs fortement entraîné vers une autre, et puis il devinait facilement que le manège de la comtesse avait un double but; il n'ignorait pas qu'avec peu d'esprit, elle se faisait conspiratrice par goût d'intrigue et par intérêt.

Il n'ignorait pas qu'elle avait promis de savoir positivement s'il était réellement un chaud partisan de Napoléon II, et qu'elle se flattait de l'attirer au parti de Holy-Rood; qu'elle voulait alors se donner comme récompense; et elle croyait, sans doute, que cette récompense serait assez belle, assez douce, pour que le comte ne fût pas difficile à séduire.

Mais cette tâche qui d'abord lui avait parue si facile le devenait chaque jour moins. Car il ne s'agissait plus de tourner la tête d'un jeune adolescent sur qui la vue d'une femme parée et riche, produit déjà un effet magique, ou bien celle d'un homme à bonne fortune enchanté d'avoir un nom de plus à mettre sur ses tablettes; il ne s'agissait plus d'acheter un imprudent ou un lâche en lui jetant de l'or, ou bien encore d'affecter de grands, de beaux sentimens, de parler de légitimité ou de bonheur du peuple, mots qui n'en imposent plus depuis que l'intrigue les a employés tant de fois.

Tous ces moyens étaient nuls devant le comte, dont l'esprit éclairé, une longue connaissance des hommes, les rares perfections faisaient un homme à part, et la pauvre comtesse, jouant à la duchesse de Longueville, voulant faire et défaire des rois, paraissait bien petite et bien ridicule au comte, qui cachait son mépris sous une galanterie cérémonieuse qui commençait à impatienter la comtesse accoutumée à mener les affaires plus vite.

Vainement employait-elle près de lui toutes ces petites mignardises qui lui avaient si bien réussi jusque-là, le comte en homme du monde, en homme enfin, profitait de quelques libertés qui ne lui déplaisaient qu'à demi, mais s'arrêtait précisément assez à temps pour qu'on ne pût rien exiger, rien attendre, ni rien demander de lui.

Occupée depuis plus d'un mois de la même personne, lui donnant tous ses momens et véritablement amoureuse comme une coquette qu'on dédaigne un peu, la comtesse ressentit pour la première fois les tourmens de la jalousie et l'agitation de l'incertitude.

Vainement pour monter la tête du comte Petrowski multipliait-elle les dîners, les réunions et les fêtes, vainement faisait-elle chaque matin un long travail avec sa femme de chambre pour savoir quelle toilette pouvait l'embellir, le comte restait précisément ce qu'il était le premier jour.

Peu accoutumée à tant de réserve, dans ses momens de dépit contre lui, elle profitait de ces instans où la tête d'un jeune homme se monte par la contrariété, et reprenait avec Emmanuel un peu de cette intimité de leur première liaison. Mais quoique à cette époque, il n'y eût de sentimens vrais d'aucun côté, du moins s'y trouvait-il cette exaltation de tête qui les remplace si souvent.

Mais maintenant ils se haïssaient presque

quand ils avaient cédé à un de ces momens encore plus honteux pour la comtesse que pour Emmanuel, car une femme ne s'avilit jamais ainsi sans laisser dans le cœur de celui avec qui elle s'oublie, le mépris et le dégoût. De là, jaillissaient de ces reproches qui, une fois qu'on se les est fait, se répètent toujours.

De là, ils en virent à s'avouer qu'ils ne s'étaient jamais aimés, et qu'ils se méprisaient mutuellement. Hélas! dans quel abaissement était tombé en si peu de temps un jeune homme qui entrait dans la vie avec de si belles espérances pour l'honneur; et qui ne tremblerait en voyant les progrès rapides que peuvent faire la vanité et la faiblesse de caractère!

Vingt fois Emmanuel avait voulu sortir du cloaque où il s'était plongé, mais, pour cela, il aurait fallu être doué d'une âme plus ferme que la sienne, il aurait fallu avec un courage d'homme écrire à sa mère ruinée et malade, et lui dire :

Il ne vous reste plus qu'un modeste asile où vous pouviez déposer vos cendres : eh bien! il faut le vendre pour payer ma folie. Pour qu'en jetant à la tête de ces grands seigneurs qui m'ont acheté, le prix de ma honte, ils ne puissent pas au moins dire que je suis un fripon. D'ailleurs ce n'est jamais impunément qu'on se mêle de politique et de complot, on ne s'appartient plus quand on a reçu de pareilles confidences, et que chaque jour on met un prix répété à ses services.

Mais incapable de résolution, le malheureux jeune homme se livrait pour s'étourdir à tous les excès, et cherchait le plaisir où un homme délicat ne le trouva jamais. Souvent il rencontrait de ses anciens amis qui détournaient les yeux avec mépris.

Dans ce moment il aurait voulu donner sa vie pour se réhabiliter, mais ils l'auraient trouvé indigne d'eux, et l'auraient repoussé; alors il essayait de nouveau de perdre le souvenir au milieu de ces joyeux repas où le plus aimable, le plus fêté est celui qui paie. Une certaine classe de femmes se l'arrachait et en faisait un héros de boudoir; puis venaient ces longues parties de jeu qui commencent en riant et finissent par des injures et des duels, puis des engagemens pris dans l'ivresse qu'on ne sait comment tenir quand la raison est revenue.

Alors Emmanuel courait chez le marquis de Valreuse ou chez la comtesse. Le premier ne le refusait jamais, car il lui jurait que l'argent qu'il lui demandait était pour s'assurer de nouveaux partisans. Ainsi ce n'était point assez de s'avilir en se faisant payer sa honte, il mentait, il trompait; car jamais il n'avait fait la moindre démarche pour entraîner personne. Cependant il était bien assez compromis sans cela, car c'était chez lui que se tenaient les séances secrettes, c'était lui qui copiait ou écrivait toutes les lettres, c'était chez lui qu'on en adressait.

Par fois s'il osait fixer son attention sur le danger dans lequel il était plongé, il se demandait s'il ne ferait pas mieux de se faire sauter la cervelle pour finir son intolérable supplice. Mais cet homme qui, alors que l'honneur guidait ses actions, ne craignait ni les dangers ni la mort, était devenu pusillanime et presque lâche.

Il tremblait de tout, s'alarmant d'un regard, s'offensant d'un sourire, aussi ne pouvait-il vivre sans de fortes émotions qui l'arrachassent à la réflexion.

Voilà ce qu'était devenu Emmanuel, l'amant de la naïve et constante Louise, de Louise qui l'aimait encore malgré elle, car elle ne savait pas la moitié de ses fautes, et elle ne voulait pas croire ce qu'elle en savait.

Le comte de Villebois, qui n'ignorait rien, aurait pu lui dire que cet amant, encore trop aimé, était indigne d'elle ; il aurait pu lui dire, car ils étaient venus à en parler presque avec confiance, que le jeune homme il y a si peu de temps digne d'estime, était maintenant méprisable. Il aurait pu lui dire qu'un soir, exaspéré par une perte considérable, et cherchant le moyen d'assouvir la haîne qu'il portait au comte, M. de Ternan avait poussé la folie jusqu'à le provoquer, et que celui-ci avait dû accepter un rendez-vous pour le lendemain.

Mais ce qu'il n'aurait pu lui dire, car Emmanuel seul le savait, c'est l'atroce douleur que ressentait le malheureux quand, en attendant le jour pour se rendre au lieu du combat, il avait pensé à la douleur de sa mère, à sa mémoire qu'il allait laisser flétrie s'il succombait ; et il croyait succomber, car sa main tremblait en tenant l'arme avec laquelle il devait se défendre.

L'effroi s'empara de lui, huit heures sonnèrent, le comte devait attendre : eh bien ! il avait peur... le malheureux était entièrement dégradé.

CHAPITRE XXVII.

Le Rendez-vous manqué.

C'ÉTAIT le premier jour de janvier, il était neuf heures, ordinairement à cet instant et dans cette saison les rues sont tranquilles, et seulement fréquentées par les gens à petites affaires, car les grands faiseurs ne se lèvent pas si matin ; mais ce jour-là elles étaient déjà remplies de monde, on se heurtait, on se poussait, l'un allait à droite, l'autre à gauche; les uns avaient les mains embarrassées, et portaient avec humeur des cadeaux dont le prix avait été enlevé peut-être à quelque nécessité : inutilités à peine regardées, détruites ou brisées le soir même, et dont le prix influait souvent sur la gêne d'un ménage. Emmanuel l'œil en feu, la bouche souriante de mépris traversait rapidement la rue Saint-Honoré et le Palais-Royal, pour arriver à l'hôtel de l'Europe situé près de là et où logeait le comte de Villebois. Il l'avait attendu bien long-temps dans l'allée qui conduit de la porte Maillot à Neuilly, et l'heure s'était écoulée sans que son adversaire parût. Ce n'était pas sans impatience ni sans colère qu'Emmanuel avait vu s'éloigner le moment de sa vengeance; car à mesure que l'heure du rendez-vous avait approché, il avait senti s'évanouir l'indigne crainte qui n'était pas ordinaire à son caractère.

— Eh bien! s'était-il dit alors avec cette insouciance que le malheur donne souvent, s'il me tue, il me rendra service, et Louise, j'en suis sûr, ne pourra jamais l'aimer.

— Dis donc, Emmanuel, venait de s'écrier

le témoin qu'il avait amené et qui était un ami de trois jours, un ami de plaisir et de débauche, car il n'avait osé demander ce service à un autre; il me semble qu'il se fait bien désirer, ton adversaire, et qu'il devrait se lever plus matin et ne pas faire attendre des jeunes gens dont la vie est aussi occupée que la nôtre. Je tombe de sommeil attendu que je ne me suis pas couché, et si je reste encore long-temps les pieds sur cette terre humide, je suis incapable de faire mes visites aujourd'hui : avec cela, que Bernard, tu sais bien, Bernard dont le père s'est brûlé la cervelle le mois dernier, eh bien! il donne un magnifique déjeûner ce matin, et entre nous, je crois que c'est pour jeter de la poudre aux yeux, car je ne serais pas étonné qu'il manquât.

— Voici le comte, interrompit Emmanuel qui vit un cabriolet se diriger de son côté.

— Ah! c'est un comte, comment s'appelle-il?

Mais Emmanuel se remit à marcher et ne répondit pas, enfin comme plus d'une heure était écoulée sans que le comte eût paru, il remonta en tilbury avec son témoin, et ne pouvant passer avec assez de facilité à cause des voitures qui encombraient la rue, il quitta la sienne, et arriva chez le comte de Villebois.

M. de Ternan se croyait bien fort du manque de parole de ce dernier, et ce fut la tête haute, et le regard méprisant qu'il entra dans son appartement.

Celui-ci était fort tranquillement assis devant son secrétaire sur lequel étaient posées plusieurs lettres; et il ne parut éprouver ni surprise ni trouble en apercevant M. de Ternan.

Emmanuel irrité de sa tranquillité, et se croyant en droit de s'en plaindre avec hauteur, s'écria qu'il avait lieu d'être offensé de voir M. de Villebois tranquillement chez lui, tandis que....

Le comte l'interrompit, en le priant, avec une extrême politesse, de vouloir bien permettre qu'il finît une lettre pressée, et après avoir sonné pour la faire partir, il se retourna vers Emmanuel comme préparé à ce qu'il allait entendre. Cette assurance irrita davantage Emmanuel, qui s'exclama avec colère.

— Je vous ai attendu, monsieur, et je ne puis concevoir qui a pu vous empêcher de vous trouver à un tel rendez-vous?

— Seulement la réflexion, répondit le comte avec dignité. J'étais seul l'offensé, car je n'ai heureusement pour vous, fait que mépriser, sans y répondre, les paroles inconvenantes qui vous sont échappées ; j'ai écouté votre rendez-vous, sans l'avoir accepté, me laissant, à moi, le temps de savoir ce qui me convenait de faire. Il ne m'a pas convenu de me battre avec vous.

— Pourtant, monsieur, je vous ai offensé et l'honneur. . . .

— L'honneur, monsieur : dans le siècle où nous vivons chacun l'entend à sa manière ; moi je le place à ne rien faire que ma conscience et mon cœur ne me reprochent, et l'un et l'autre m'auraient reproché de chercher à vous arracher la vie. Sans doute j'aurais pu en ennemi généreux, me rendre sur le terrain, me contenter de vous donner une leçon, ou tirer en l'air; enfin exécuter tout ce qu'on voit communément en pareilles rencontres ; je pouvais faire tout cela, en un mot me donner le beau rôle ; eh bien ! j'ai préféré vous laisser un instant la pensée que j'avais peur.

Ces dernières paroles, M. de Villebois les prononça avec tant de calme et de simplicité, qu'il fut impossible à Emmanuel de n'en pas être touché. Le comte poursuivit :

M. de Ternan, je vous ai vu naître ; enfant vous avez joué sur mes genoux ; aussi votre mère, quand elle sut que je venais à Paris, m'écrivit pour me prier de vous voir, de veiller sur vous ; elle m'envoya votre adresse et une lettre que je devais vous remettre moi-même. Je me suis présenté à l'adresse que m'avait indiquée madame votre mère, vous n'y étiez plus ; plusieurs fois je suis allé à l'appartement que vous occupez aujourd'hui sans pouvoir jamais vous rencontrer, et quand je vous connus dans le monde, quand nous nous trouvâmes à la même table, je vous vis affectant toujours de me parler avec hauteur, je pourrais même me servir d'une autre expression. M. de Ternan, j'ai plus de deux fois votre âge, ma vie fut heurtée, traversée par bien des malheurs, mais j'y ai du moins gagné de tout apprécier à sa juste valeur, sans y mêler une vanité qui égare, et j'ai pu, sans me déshonorer, me dispenser de me battre avec vous.

Serait-ce en apprenant à votre mère que vous m'avez blessé, ou que j'ai ménagé votre vie, et que ce sont là toutes les relations que nous avons eus ensemble, que je répondrai à la confiance qu'elle m'a témoignée? Je savais du reste que vous viendriez me demander raison d'avoir manqué au rendez-vous; je m'étais préparé à cette explication ; en êtes-vous satisfait?

— Je dois même vous en remercier monsieur, s'écria Emmanuel plus ému qu'il ne voulait le paraître; cependant le nom de ma mère, mêlé dans tout ce que vous venez d'avoir l'obligeance de me dire, m'étonne, car jamais elle ne m'avait parlé de vous.

— Je l'avais en effet prié de n'en rien faire, car je désire qu'on parle, qu'on s'occupe de moi le moins possible ; d'ailleurs, pour remplir le vœu de madame votre mère, que votre silence et vos lettres inquiètent également, je n'avais pas besoin que vous me connaissiez par elle ; car conservant, peut-être à tort un peu de manie que m'a donné ma vie romanesque, j'aurais désiré que nous nous sentissions attirés l'un vers l'autre par un attrait, une confiance, qu'aucun devoir n'eût commandé. Alors, je vous aurais dit : Mon jeune ami, car vous le seriez devenu si vous m'aviez bien connu, vous vous êtes jeté dans une route dangereuse, et...

M. de Villebois cherchait l'expression qu'il devait ajouter pour ne pas blesser Emmanuel, dont la rougeur et l'embarras dénotaient combien ce sujet lui était pénible ; le comte continua enfin :

Une route dangereuse et peu favorable à votre avenir. Je crains qu'on n'abuse de votre inexpérience ; voulez-vous m'accepter pour guide ?

Voilà ce que je vous aurais dit, monsieur, si je n'avais été repoussé par votre froideur ; mais aujourd'hui je me borne à vous répéter, que mon attachement seul pour madame votre mère m'empêcherait de me battre avec vous, quand même je n'aurais pas juré, sur le corps ensanglanté d'une victime, et quelle victime grands dieux! quand je n'aurais pas juré de ne jamais verser le sang d'un homme dans ces atroces combats, où la vanité, plus que le vrai courage, nous entraîne.

Non Emmanuel, mon cher Emmanuel, je n'aurais jamais pu, je ne pourrais jamais diriger mon arme contre vous.

Le comte parlait avec tant d'exaltation qu'il avait saisi, sans s'en apercevoir, la main d'Emmanuel qu'il serrait dans la sienne ; celui-ci était loin de songer à la retirer; et ces deux hommes, il y a si peu de momens si froids, si embarrassés l'un vis-à-vis de l'autre, étaient bien près d'être amis; et peut-être pour le bonheur du reste de la vie du jeune Ternan, allait-il ouvrir son âme au comte ; peut-être allait-il se décider à rougir devant lui pour sauver son honneur, quand le valet de chambre de M. de Villebois remit une lettre à son maître, en l'avertissant qu'on attendait la réponse.

Emmanuel voulait se retirer; mais M. de Villebois l'engagea à rester, en l'assurant que la réponse qu'il avait à faire serait bientôt terminée. Le comte se mit à son secrétaire, et Emmanuel resta près de la cheminée, sur laquelle M. de Villebois avait jeté précipitamment le billet qu'il venait de recevoir. D'abord, sans projet, sans prévision, Emmanuel jeta les yeux sur ce papier, tant qu'il douta son cœur battit avec une violence qui l'étonna, mais il ne douta pas longtemps, et la colère succéda à l'émotion ; cette écriture était celle de Louise ; elle lui était trop connue pour qu'il pût s'y tromper, et s'il lui était resté là-dessus le moindre doute, le cachet le lui aurait levé ; c'était une devise qu'ils avaient choisie l'un et l'autre, et qui alors leur convenait à tous deux ; un cheval en liberté avec ces mots : *Fier mais sensible.* Emmanuel, sans essayer de cacher le changement qui venait de s'opérer en lui, salua le comte avec hauteur et sortit de l'appartement.

CHAPITRE XXVIII.

Jalousie, Amour, Constance.

Les jours se passaient, s'entassaient les uns sur les autres, marqués pour chacun d'une manière différente, mais pour aucun cependant d'un bonheur sans mélange. Madame de Saint-Firmin et Emmanuel continuaient de se voir, quoique ne s'aimant plus ; le comte de Villebois, déjà assez fortement occupé d'une autre, ne négligeait pourtant pas la comtesse, et s'amusait à lui laisser l'espoir qu'elle le dominerait bientôt entièrement, car c'était là bien réellement le but de madame de Saint-Firmin; celui de savoir quel était le comte, ses projets, les motifs de son séjour à Paris, étaient, vis-à-vis de son beau-frère et de sa société, les raisons qu'elle donnait pour justifier sa coquetterie et presque ses inconséquences envers lui.

Cependant elle avançait bien peu dans cette grande séduction qu'elle avait cru si facile; cette alternative de crainte et d'espérance, l'ennui que lui causait son beau-frère, qui ne prenait ni ne laissait de repos quand il s'agissait de ses projets politiques, et qui lui annonçait chaque jour que le moment était prochain où il faudrait se montrer; la conduite de son fils, qui, n'ignorant pas les désordres de sa mère, recevait presque avec insolence ses observations et même ses prières; tout cela commençait à répandre sur la vie de madame de Saint-Firmin, jusque là si frivole, une teinte de sérieux qui était loin de lui convenir. Dailleurs, à force de se répéter que les grâces sont légères, il est de certaines femmes qui veulent toujours le rester, qui ne veulent pas vieillir, et qui sont très malheureuses quand elles sont forcées d'en venir là. C'était précisément ce qui arrivait à la comtesse. De plus, M. de Valreuse, beaucoup plus fin qu'elle, et piqué de ce qu'elle ne le secondait pas avec assez de chaleur dans ses projets politiques, se plaisait à lui répéter que M. de Villebois était un être dont il fallait se méfier; qu'il ne voyait que très mauvaise compagnie à Paris, et que souvent, quand il ne venait pas chez elle ou qu'il en sortait de très bonne heure, c'était pour se rendre chez le vieux concierge des Tuileries, où se tenaient de longs conciliabules.

Le marquis paraissait beaucoup se méfier de ces réunions; mais madame de Saint-Firmin, éclairée par la jalousie, ne se dissimulait pas que la jeune fille de M. de Verneuil attirait le plus grand nombre des assidus de son père; si elle en avait douté, la froideur, et mieux que cela, la haine, l'éloignement qu'Emmanuel montrait au comte, l'auraient suffisamment éclairée. Les femmes ne se trompent guère sur leurs rivales, et madame de Saint-Firmin ne pardonnait pas plus à Emmanuel qu'au comte de

Villebois; à l'un, d'avoir pu faire attention à une obscure jeune fille, à l'autre de n'avoir pas encore su l'oublier. Aussi détestait-elle Louise comme une coquette déteste la simplicité et la candeur; elle la détestait surtout avec cet instinct qui sent que l'on vous rend haîne pour haîne, et toutes les fois qu'elle allait aux Tuileries, car, quoiqu'elle conspirât, elle ne manquait jamais de faire sa cour, elle regardait, avec un profond mépris, la petite porte vitrée qui donnait chez le concierge. Une fois même, en traversant la cour du Carrousel, ses chevaux fringans éclaboussèrent en passant le manteau brun d'une modeste jeune fille; cette jeune fille était arrêtée et parlait à quelqu'un qui tenait respectueusement son chapeau à la main, madame de Saint-Firmin avait reconnu M. de Villebois, et ne douta point que ce ne fut Louise; elle jeta sa tête presque entièrement hors de la portière, laissa voir sur sa figure une expression de dédain très marquée, et ne répondit au salut du comte que par le plus méprisant sourire; mais, le soir même, quand elle voulut plaisanter le comte sur l'attitude respectueuse qu'il avait le matin, elle le trouva si froid, si peu disposé à partager son inconvenante gaîté, que sa haîne pour Louise s'en accrut.

Mais ce n'était pas seulement chez la comtesse que Louise excitait une âpre et cruelle jalousie. Pour son malheur, Emmanuel ne pouvait oublier le temps où il avait été heureux par son innocent amour; vainement pour échapper au souvenir de cet amour qu'il avait mérité de perdre, se jetait-il dans les écarts les plus condamnables, essayait-il de tout, ébauchait-il mille intrigues, toujours l'image de Louise se plaçait entre lui et le bonheur; s'il arrachait quelques momens au plaisir, le réveil était encore plus terrible.

Louise, malheureuse d'une autre manière, Louise pensait encore trop à un ingrat qu'elle devait mépriser; mais cependant la société du comte Petrowski lui devenait chaque jour plus nécessaire, plus agréable. Depuis long-temps sa confiance en lui avait été entière; elle lui avait tout dit, et, avec une cruauté que les femmes seules peuvent avoir, elle revenait sans cesse et sans pitié sur les détails de son amour. Peut-être alors n'était-elle pas tout-à-fait fâchée de voir l'expression de regrets qui se montrait sur la figure du comte, et ce fut avec une profonde reconnaissance, et peut-être un peu d'étonnement, qu'elle apprit ce qu'il avait tenté pour éloigner Emmanuel d'une conduite dont le résultat pouvait lui être si funeste; mais ses efforts avaient été impuissans, et depuis le jour où le jeune de Ternan l'avait si brusquement quitté, les rapports du comte et d'Emmanuel dans le monde étaient encore plus froids et plus contraints. Louise savait tout cela, car le comte, avec une franchise, une droiture qui étaient dans son caractère, lui avait raconté quelles avaient été les suites d'une entrevue dont il espérait davantage.

Tant de générosité d'un côté, de folies de l'autre, livraient l'âme de Louise à un pénible combat dont le vieux Verneuil redoutait à chaque instant l'issue. Verrait-il sa Louise, sa fille chérie, la dernière espérance de ses vieux jours, livrée à un amour sans espoir, ou ne serait-il pas plus malheureux encore de l'y voir céder. Elle avait mis, il est vrai, une fierté digne d'éloges dans sa conduite vis-à-vis Emmanuel; nulle démarche, nul message n'étaient venus essayer de ranimer un amour si étrangement méconnu; c'était bien, c'était noble, mais on ne voyait que trop ce qu'il en coûtait à Louise pour se conduire ainsi; elle pâlissait, elle maigrissait d'une manière effrayante, chaque nuit elle quittait sa couche ne pouvant y trouver le sommeil, et vingt fois son vieux père fut au moment de l'aller consoler; mais, que lui aurait-il dit que la raison et la fierté de Louise dont il connaissait la force, ne lui eussent sans doute répété déjà plusieurs fois? parler de ses maux, dans ce cas, c'est d'ailleurs presque toujours les augmenter.

M. de Verneuil attendait quelque chose du temps et peut-être d'un nouvel attachement; entourée d'hommes cherchant à lui plaire, il y avait tout lieu d'espérer qu'un cœur si jeune se laisserait enfin toucher. Aussi le père de Louise résolut de lui parler, de sonder son cœur, car plusieurs aspirans à sa main le pressaient et voulaient connaître leur sort. Le franc et austère Regnaud, malgré toute sa raison ne voulait plus taire l'attachement qu'il ressentait pour Louise, et croyait, peut-être à tort, que vingt mille livres de rentes irréprochablement gagnées, feraient passer sur son âge, le peu de grâces et de douceur de son esprit, et parce qu'il se sentait le meilleur des hommes il croyait un peu trop facilement sans doute qu'on devait oublier tout ce qui lui manquait pour plaire. Puis c'était un jeune homme ardent et aimable qui ne cherchait le bonheur que dans l'amour, et l'amour que dans la simplicité et la grâce d'une jeune fille ; riche, maître de lui-même, et aimant Louise comme rarement on aime aujourd'hui. Puis d'autres, discrets et timides, attendant un regard pour laisser percer l'espoir. Mais de tous les hommes qui entouraient Louise, celui que son père eût voulu voir préférer, c'était le comte de Villebois. Quoiqu'il ne parlât jamais de lui-même, et qu'il semblât même qu'il y eût quelque chose de très mystérieux sur son passé, il gagnait à chaque instant la confiance, et vous attirait à lui. Cependant s'il était facile de deviner qu'il aimait Louise, jamais il ne l'avait avoué à elle-même, ni à son père, ni même à M. de Chavagnac : néanmoins celui-ci persistait à soutenir que le comte était amoureux. Qu'aurait-il dit, suivant lui, s'il n'avait parlé d'amour pendant ses longues et intimes causeries avec Louise. Il ignorait qu'il était presque toujours question d'Emmanuel, il ignorait que le comte avait modestement choisi le titre de confident, était-ce adresse ou générosité; peut-être l'un et l'autre.

Cependant le père de Louise sentait chaque jour sa santé devenir plus faible; son grand âge, qu'il avait long-temps dissimulé, commençait à peser sur lui. Il pouvait d'un instant à l'autre aller rendre compte à Dieu d'une vie si longue, remplie de beaucoup d'erreurs et de quelques vertus. Laisser sa Louise avec une pauvre vieille femme déjà un pied dans la tombe, la laisser cette jeune fille, le cœur plein d'une passion fatale qui pourrait l'égarer, malheureuse de l'éprouver, plus malheureuse encore d'y céder, c'était pour M. de Verneuil une pensée désolante qui, depuis quelques jours surtout, le dominait davantage; et un soir qu'il voyait sa fille plus triste, plus abattue encore que de coutume, qu'elle se retira de bonne heure, ne pouvant cacher sa mélancolie, et que le cercle de ses amis était plus resserré que d'habitude il laissa voir moins de répugnance à occuper de lui. Peut-être se sentait-il le besoin de faire retomber sur sa fille chérie une partie de l'intérêt qu'allait commander son récit. On le pressa alors, ce qu'on n'avait osé faire depuis longtemps, et il commença ainsi à parler de ses longs malheurs.

CHAPITRE XXIX.

Ma Naissance.

Ce n'est pas seulement à des malheurs et à des aventures extraordinaires qu'il faut s'attendre quand on vient écouter le récit d'un homme qui a vécu près de quatre-vingts ans, prononça avec gravité le père de Louise, car non seulement des peines ont tourmenté sa vie, mais des fautes l'ont entachée, et je viens, mes amis, vous confier les miennes : écoutez-moi du moins avec indulgence, car j'aurai le mérite de ne pas proférer de mensonges.

Après ce petit exorde, le vieux concierge releva la tête avec confiance et dit :

Je suis né dans le château des Tuileries, et mon premier cri fut poussé sous ces voûtes élevées par une reine; Catherine de Medicis, qui, comme vous le savez, régnait sous le nom de Charles IX, son fils, visitait Paris qui n'était guère alors qu'une petite ville; cette portion où est le château n'en faisait pas même partie, et sur cet emplacement, dont la situation plut à la reine, était placé une fabrique de tuiles. Catherine chargea Philibert Delorme et Jean Bullan, célèbres architectes du temps, de bâtir cet édifice qu'on nomma alors l'Hôtellerie Royale dite des Tuileries-Les-Paris. Les travaux furent commencés l'an 1564, mais on ne construisit alors que le pavillon du milieu qui était même moins élevé qu'il ne l'est aujourd'hui. Henri IV et Louis XII y firent de grands changemens, et cependant, en 1664, justement un siècle après, Louis XIV chargea l'architecte Louis Levaux de l'agrandir, et il le fit, sous le rapport des bâtimens, ce qu'il est dans ce moment. Le célèbre Le Notre dessina les jardins que tant d'étrangers admirent, et Louis XIV habita constamment les Tuileries jusqu'au moment où il fit la folie d'enterrer tant de millions à Versailles. C'est une grande faute que commet un monarque que de demeurer habituellement ailleurs que dans sa capitale. De même, Louis XV ne resta aux Tuileries que le temps de la régence, et à peine fut-il son maître, qu'imitant son aïeul, il fut s'établir à Versailles et ne vint faire que de courtes apparitions à Paris. Je suis né durant un de ces voyages, et voici les circonstances de ma naissance.

Marie Lekzinska, fille de Stanislas, roi de Pologne, et épouse de Louis XV, avait amené avec elle à la cour de France une petite fille d'une merveilleuse beauté qu'elle appelait sa filleule, la chronique scandaleuse, qui n'épargne pas plus les têtes couronnées que les autres, prétendit que cette enfant était le fruit du premier amour de la princesse Lekzinska pour un jeune Polonais qu'elle aimait encore; mais la dévotion et la vie entière de la reine repoussent cette accusation. Elle n'avait que vingt-deux ans quand elle vint chercher un trône, la petite Pauleska en avait six, faudrait-il penser que si la jeune princesse eût pu imprudemment souillée d'une si grande faute, accepter de partager le plus grand trône du monde, et faudrait-il penser encore qu'elle eût le front de traîner avec elle le fruit de sa honte?

Cependant tant de dépravation entrait si facilement dans les mœurs d'une cour telle que celle de Louis XV, qu'on osa répéter de telles absurdités sans hésiter. Bref, on ignorait la naissance de la petite polonaise, qui élevée, avec le plus grand soin, était à quinze ans d'une beauté extraordinaire. Un an après on la maria au chevalier de Verneuil, simple écuyer de la reine, qui fut titré à cette occasion et gratifié d'une très belle terre en Normandie. Louis XV, qui pendant plusieurs années était demeuré attaché à la reine, s'était peu à peu dégoûté d'un amour chaste et pur que sa femme n'égayait pas par des manières tendres et agréables, car son confesseur, adroit jésuite, gagné par les ministres, avait engagé Marie Lekzinska, au nom de la religion, à traiter le roi très froidement.

Cette mesure avait pour but de jeter Louis XV dans les ruses de quelques maîtresses, on n'y avait que trop réussi. L'histoire qui enrégistre les fautes des rois n'a que trop parlé des favorites de Louis XV. Madame de Châteauroux fut la seule digne de quelques éloges. Comme Agnès Sorel elle parla de gloire à son amant. Peut-être Louis XV était-il près à se sentir un peu de courage quand il tomba fort malade à Metz, son confesseur exigea l'éloignement de la favorite, le roi y consentit, mais avec la santé il revint à sa maîtresse, elle accourait pleine de joie et triomphante quand une imprudence lui coûta la vie. L'on sait que madame de Pompadour lui succéda.

Mais ces maîtresses en titre n'empêchaient pas le roi, le plus inconstant des hommes, de ressentir des fantaisies passagères, et parmi celles qui fixaient de temps en temps le roi, la jeune polonaise était nommée, on allait jusqu'à dire que son mariage avec M. de Verneuil avait caché une grande faute; la suite de mon récit éclaircira tout ce qui alors ne se murmurait que sourdement à la cour. Ce qu'il y a de certain, c'est que pendant un des courts voyages que

Louis XV faisait à Paris avec sa cour, madame de Verneuil, qui était attachée à la reine, fut prise de cruelles douleurs et accoucha d'un enfant venu, dit-on, avant terme : cet enfant c'était moi.

Ma mère fut très malade des suites de sa couche, resta long-temps chez elle et reparut pâle, défaite et horriblement changée. La reine, qui lui avait toujours témoigné beaucoup d'amitié, la traita alors avec froideur, ne la fit jamais nommer pour aucun voyage particulier de la cour, et enfin sa disgrâce paraissait si complète que ma pauvre mère, élevée dans cette atmosphère dangereuse d'adulation qui entoure les femmes, ne put supporter de se voir ainsi négligée, et tomba dans une tristesse si profonde qu'on s'éloigna encore plus d'elle; alors elle quitta Versailles et vint s'ensevelir dans la terre qui formait sa dot; cette terre était située en Normandie. Ce fut là que je passai les premières années de mon enfance, enfance si peu animée, si peu faite pour ôter à mon caractère la tristesse mélancolique que j'avais reçue de la nature. Je n'avais aucun compagnon de mes jeux, et ces jeux étaient si calmes, si peu bruyans, qu'on aurait dit que c'étaient de sombres occupations. Toujours près de ma mère que je n'ai jamais vue sourire, je n'apercevais que des figures sérieuses ou ennuyées ; jamais ma mère ne recevait personne, jamais que les malheureux qui frappaient à notre porte avec la certitude d'être soulagés et consolés. Pauvre mère ! si elle fut coupable, si une faute entacha sa vie, par combien de vertus modestes, de charités, ne la racheta-elle pas ; par combien de larmes ne paya-t-elle pas les torts de la vanité et l'erreur que l'exemple d'une cour dépravée pouvait justifier.

J'avais dix ans quand ma mère, qui était de plus en plus souffrante, tomba sérieusement malade ; elle languit quelque temps, puis vint l'instant où le médecin ne la quittait plus ni le jour ni la nuit, où une fièvre brûlante brisait ses membres et anéantissait ses forces. Alors elle voulut voir un prêtre, elle lui confia sans doute un grand secret car j'entendis prononcer les mots de pardon et de repentir; puis un courrier partit pour aller chercher mon père, mon père que je ne connaissais pas, que j'allais embrasser pour la première fois.

Il arriva celui que j'appelais de tous mes vœux, celui vers qui mon âme s'élançait tout entière ; il était nuit, une lumière voilée éclairait la chambre où ma mère gisait pâle et déjà mourante, j'étais assis près de son lit et ma tête reposait sur le même oreiller que la sienne, je pleurais amèrement, car je comprenais que Dieu allait me l'enlever. Un pas lent se fit entendre ; on approcha de la porte, elle s'ouvrit, et un homme vêtu de noir d'une stature osseuse et élevée s'approcha près du lit où était la mourante, qui toute pâle qu'elle était put pâlir encore. Lui de sa voix sévère prononça ces mots qui me firent trembler :

— Que me voulez-vous, madame, quel besoin avez-vous de venir troubler mon repos et ma solitude ; quel besoin avez-vous de vous rappeler à mon souvenir ?

— Ce que je veux, répondit doucement ma mère, vous revoir, car je vais mourir, vous demander pardon, vous rappeler mon âge si tendre quand je vous offensai, l'exemple qui m'a perdue, je veux vous dire....

— Paix, s'écria mon père avec sévérité, éloignez cet enfant.

— Au moins, prononça ma mère timidement, embrassez-le.

M. de Verneuil posa sa bouche sur mon front; mais ses froides lèvres l'effleurèrent à peine. Ma mère au contraire prit ma tête entre ses mains défaillantes, et la couvrit de larmes et de baisers, puis elle me dit d'aller me reposer.

J'obéis, en traversant les longues galeries du château, je vis la mer agitée et des nuages noirs dans le ciel, il se préparait un terrible orage.

CHAPITRE XXX.

Mort de ma Mère.

Je fus long-temps à trouver le sommeil, enfin mes yeux se fermèrent, et je dormais profondément quand je sentis une main caressante se poser sur mon bras et me réveiller doucement : c'était la bonne femme qui avait soigné mon enfant, et qui venait me chercher, ma mère se mourrait.

Ah ! mes amis, tout jeune que j'étais, quelle impression fit sur moi ce lit de mort, impression ineffaçable et sacrée. Ma mère n'avait plus que quelques minutes à vivre ; sur son front glacé était l'huile sainte qui purifie ; sur ses lèvres mourantes un prêtre posait de minute en minute un crucifix d'ébène, les domestiques à genoux fondaient en larmes, et mon père, la tête appuyée sur une des colonnes du lit, relevait de temps en temps son regard sévère pour le porter sur le visage de ma mère et sur le mien. Enfin elle jeta ses bras autour de moi, fit un long soupir, ce fut sa dernière étreinte, son dernier soupir. Pendant ce temps, des coups de tonnerre ébranlaient le château, faisaient crier les portes et les fenêtres, c'était une terrible nuit d'orage. On m'éloigna du lit de mort, je ne revis plus les restes chéris de ma mère, mais à la fin d'une triste journée je marchai à côté de mon père derrière son cercueil. Il fut déposé dans un caveau souterrain. Alors, et quand la pierre du caveau fut refermée, nous reprîmes le chemin du château par le bois du parc au milieu duquel était situé la chapelle, et voulant profiter sans doute de l'obscurité qui nous environnait qui l'empêchait de me voir, M. de Verneuil me parla ainsi :

—Vous n'avez plus de mère, Amédée, et depuis trop long-temps j'ai contracté l'habitude de vivre seul pour m'engager à soigner votre jeunesse. Avec qui voudriez-vous rester, qui préféreriez-vous pour veiller sur votre éducation : est-il une personne pour qui vous ayiez de l'amitié, avec qui enfin vous désiriez passer votre vie, je ferai tout pour vous réunir à elle ?

Une sorte d'impatience se montra dans une seconde interpellation ; alors je répondis en balbutiant que je n'avais jamais quitté ma mère, que je n'avais jamais aimé, connu qu'elle, et que j'ignorais...

— Eh bien donc, interrompit mon père avec humeur, je vous emmenerai, mais à une condition : c'est que vous ne paraîtrez jamais devant moi que quand je vous demanderai, que vous ne me parlerez que quand je vous interrogerai, et que vous vous conformerez à toutes mes volontés sans murmurer.

Je l'assurai en pleurant que oui ; alors il me donna un quart d'heure pour me préparer au départ, et au bout de ce temps nous montâmes en voiture. J'ignorais où j'allais, et certes je n'aurais jamais osé le demander ; au bout de deux jours nous arrivâmes devant une grande grille qu'on ouvrit, nous passâmes sous une longue avenue de marroniers au bout de laquelle s'élevait un vieux château à tourelles antiques. C'est assez l'architecture de tous les châteaux normands. Mon père me fit entrer dans un vaste salon, s'y promena de long en large sans m'adresser la parole, puis parut un homme plus âgée que M. de Verneuil, et d'une figure au moins aussi sérieuse que la sienne ; il fut droit à mon père qui lui dit seulement :

— Delmas, le voilà. Je n'ai pu faire autrement que de l'amener, mais vous savez ce dont nous sommes convenus, ne vous en écartez pas.

— Non, monsieur le comte, répondit Delmas.

Il me prit la main, et m'emmena. J'avais bien envie de pleurer, mais la terreur me retint.

Alors commença pour moi une vie que j'essayerais en vain de vous peindre, car il faudrait trop de temps pour m'appesantir sur les singularités dont elle était remplie, et qui se renouvelaient chaque jour d'une manière diverse. Par exemple, les trapistes n'étaient pas plus silencieux , et cependant la plus grande irrégularité régnait dans toutes les habitudes de la vie ; on sonnait la cloche pour les repas à des heures presque toujours différentes, souvent même on ne la sonnait pas du tout.

Alors on nous servait à Delmas et à moi nos repas dans notre appartement ; puis recommençaient mes leçons, c'était l'aride étude des langues mortes, ou bien l'explication de quelque vieux manuscrit, ou bien des lectures si obscures, si graves que ma pauvre jeune imagination mourrait sur ces énigmes. Je n'avais d'autres distraction que de regarder au travers des carreaux, car Delmas, toujours malade me défendait d'ouvrir la fenêtre, de beaux arbres éclairés par un brillant soleil, ou plus souvent tristement balancés par les vents. Je ne voyais mon père qu'une fois dans la journée, encore pas tous les jours : l'ennui me dévorait, le manque d'exercice m'ôtait le sommeil et l'appétit ; ce fut ainsi que j'arrivai à quinze ans.

A quinze ans où l'âme a tant besoin de tendresse et d'épanchement, où le corps demande tant d'air et d'exercice ; aussi je m'éteignais à vue d'œil.

Alors on voulut bien s'en apercevoir, et pourtant, sans me dire un mot de tendresse, M. de Verneuil consentit à ce que je descendisse quelquefois dans le parc. L'exercice me rétablit promptement; mais si mon corps devint mieux portant, ma tête se trouva plus malade; l'aspect de la nature avait éveillé mes passions. Je me dis qu'une vie comme la mienne n'était faite ni pour mon âge, ni pour mon sexe : mais des lumières plus dangereuses encore que celle de la nature m'éclairèrent entièrement. Un jour que je pâlissais sur la vie d'un grand homme, je levai les yeux, et j'aperçus la clé à une armoire où je n'en avais jamais vu. Tout faisait événement dans une vie comme la mienne : j'ouvris avec précaution et je trouvai une grande quantité de livres dont la plupart étaient couverts de poussière; il fallait franchir plusieurs portes pour arriver jusqu'à moi, et j'eus le temps de feuilleter bon nombre de volumes sans crainte d'être surpris.

Quel jour nouveau entra dans mon âme, et quelle source de plaisir si je pouvais parvenir à m'emparer de ces livres! alors la solitude disparaîtrait, l'ennui s'envolerait, tout serait bonheur. Hélas! c'est ainsi qu'on pense au premier désir qu'on éprouve, mais la difficulté était de m'emparer de la clé qui renfermait le trésor que je convoitais, et la chose n'était pas facile. J'entendis du bruit, je me remis à mon travail, enfin Delmas me permit de descendre dans le parc; en m'y rendant je jetai un regard d'amour, l'expression n'est pas trop forte, sur la bienheureuse armoire. Quand je remontai, la clé n'y était plus : était-ce le hasard qui l'avait fait oublier d'abord, ou était-ce une épreuve? J'observai Delmas, et un soir qu'il me croyait endormi dans ma chambre, je regardai par le trou de la serrure de la sienne, et je le vis qui lisait un des livres de l'armoire ; je ne pouvais m'y tromper. Je restai plusieurs jours préoccupé de la même pensée, et ne m'ennuyant déjà plus, car c'est déjà quelque chose de désirer, ce n'est plus l'apathie qui nait de n'avoir envie de rien. Mais je ne trouvais aucun moyen d'ouvrir cette armoire, seulement quand j'étais seul je passais de longues heures devant elle enfonçant les ongles entre le montant de la porte, ensanglantant mes doigts, mais sans parvenir au but de mes désirs.

Delmas tomba malade, je le soignai avec zèle, car je l'aimais tout froid qu'il fût; il ne m'avait jamais ni brusqué ni maltraité, il n'était guère plus heureux que moi, et puis ses souffrances qui étaient assez vives me touchaient extrêmement. Il ne sortait pas de son lit; une nuit que je le veillais, je pris doucement la clé qu'il portait ordinairement sur lui, et d'abord timidement je pris un à un les volumes, et ce fut ainsi que je lus, ou plutôt que je dévorai nos chefs-d'œuvre. J'appris presque par cœur Corneille, Molière, Racine, Boileau, La Fontaine, Regnard, etc., etc. Heureux si je n'avais trouvé que ces auteurs; mais d'autres lectures ouvrirent à mon cœur trop impressionnable, à ma tête trop ardente, une source de jouissance et de tourmens. Des images de femme vinrent se mêler à toutes mes actions, et s'associer à tout mon avenir; je n'errais plus dans le parc de mon père seulement poursuivi par la tristesse de ma solitude, mais rêvant sans cesse au plaisir qu'on doit à l'amour, et comprenant trop facilement les erreurs et les fautes auxquelles il peut nous entraîner. J'adressais de brûlans soupirs, des expressions passionnées à des images que je créais à mon gré, belles, tendres, enivrantes. Je pleurais sans motif, je riais sans sujet.

A cette époque, et après de bien longues souffrances, le pauvre Delmas mourut ; je l'accompagnai seul au cimetière du village, c'était la première fois que je sortais du château ; ce village me parut un monde, et je rentrai plus triste, plus découragé dans cet appartement que mon vieux compagnon ne partageait plus. Il était peu aimable, mais pour qui ne peut choisir, un compagnon tel qu'il soit, est toujours un trésor. Je ne voyais pas davantage mon père ; je fus libre alors de lire tout à mon aise les livres de l'armoire. Eh bien, je n'y tenais plus depuis que je n'y rencontrais pas d'obstacles. Hélas qu'elle triste vie que la mienne, et je n'avais pas dix-huit ans !

CHAPITRE XXXI.

Ma première Illusion.

Un jour, en entrant dans la salle à manger, je fus tout surpris de voir trois couverts au lieu de deux qui se trouvaient toujours seuls sur la table de mon père depuis la mort de Delmas et pendant sa maladie. M. de Verneuil entra alors suivi d'un homme jeune encore, d'une figure douce mais insignifiante, et dont les manières timides et embarrassées se ressentaient de l'effet que mon père produisait toujours, avec ses sourcils constamment froncés et sa bouche sévère où ne parraissait jamais le sourire. Ce jour là, excepté les devoirs de l'hospitalité que M. de Verneuil remplissait constamment avec politesse, mais presqu'en silence, je ne vis aucun changement dans notre manière d'être. Après dîner j'allais, comme de coutume, quitter l'appartement, quand mon père me fit signe d'entrer dans son cabinet.

—Monsieur, me dit-il en me montrant l'étranger, vient ici pour remplacer Delmas ; il remplira les mêmes fonctions auprès de vous, ne vous quittera pas, et me rendra compte de vos progrès ou de votre négligence.

Je voulus parler, mon père ne m'en laissa pas le temps :

— Je sais ce que vous voulez me dire ; vous avez dix-huit ans, et vous pensez n'avoir plus besoin de précepteur. Cela peut être vrai à vos yeux, mais non au miens. Je ne puis m'occuper de vous, encore moins vous laisser le maître de vos actions, et j'ai choisi monsieur pour me suppléer.

En achevant ces paroles, mon père me fit signe de me retirer avec l'étranger, ce que je fis.

Je trouvai dans l'antichambre de mon appartement les effets de mon nouveau précepteur, car il devait occuper la chambre de Delmas à côté de la mienne : d'abord il fut embarrassé, et moi très froid ; mon cœur se resserrait chaque jour davantage par la sécheresse que me montrait mon père, et une tristesse continuelle m'accablait. Mais comme je ne voulais pas donner à M. de Verneuil des motifs plausibles pour me traiter durement, je me mis à travailler, et je ne tardai pas à découvrir que mon nouveau mentor n'était qu'un ignorant : je le lui dis, car ce n'était point dans la solitude que j'aurais appris à feindre, d'ailleurs la chose était trop claire pour qu'il pût le nier.

—Mon cher élève, me dit-il, presque les larmes aux yeux, je suis perdu si vous vous plaignez à M. de Verneuil de mon ignorance, car le traitement qu'il me fait soutient seul l'existence de ma mère et de ma sœur. Elles sont venues à Caen, à quatre lieues d'ici, où elles vivent bien mesquinement, mais enfin où elles vivent. Que deviendront-elles si vous me faites chasser : elles ont usé toutes leurs ressources pour s'établir dans ce pays.

Il versa quelques larmes, je me sentis touché, et je promis de me taire, je devins même l'instituteur de celui qui devait m'instruire. Du reste ce mode d'enseignement loin de me retarder me fit du bien, et j'y gagnais de faire une bonne action et d'être presque entièrement mon maître. Du reste, Dervieux était fort doux, fort timide, mais il n'avait ni âme ni élévation. Pour conserver sa place il consentit à devenir mon complice dans toutes mes volontés. Il lui était permis d'aller une fois par mois à Caen, il en rapportait tous les livres que je lui demandais. J'obtins aussi la permission de faire avec lui de longues promenades à cheval, alors il se montrait tous les jours plus gai, plus communicatif; il me racontait ce qu'il avait vu dans le monde, et comme il n'avait ni naissance ni fortune, sa vie avait été heurtée et aventureuse.

Dans tous les récits il était souvent question de sa sœur; et chaque jour cette sœur que je ne connaissais pas, m'intéressait davantage. D'abord c'était une femme, une femme jeune et jolie. Je savais cette dernière circonstance, parce que Dervieux avait un portrait d'elle qu'il laissait toujours sur la table où nous travaillions. Cette image troublait mes occupations le jour et mon sommeil la nuit. La sœur de Dervieux avait une figure fine et pleine de malice, de ces têtes à tourner la vôtre, et à vous inspirer, si ce n'est une violente passion, du moins une fantaisie dangereuse. D'ailleurs je ne rêvais qu'amour, que femme, et la première dont on me parlait devait égarer mes sens et ma raison. Pour m'achever Dervieux me faisait lire les lettres de sa sœur, lettres de femme, remplies de ces riens dis avec grâce, de ces récits peu importans auxquels elles impriment un cachet d'originalité et de finesse. Je devins tous les jours plus amoureux. A cette époque M. de Verneuil tomba malade assez sérieusement; Dervieux pensa sans doute alors que je pouvais devenir mon maître, que je serais pour sa famille une dupe bien facile, aussi il redoubla de complaisances, et les lettres de sa sœur devinrent chaque jour plus spirituelles. Elle y parla alors de moi, du désir qu'elle aurait de me voir, et de me remercier de mes bontés pour son frère.

Mon père ne souffrait pas que je restasse près de lui, et il me répondait à peine quand je lui demandais de ses nouvelles. Il en résultait plus de liberté pour moi, j'en profitai pour étendre mes promenades. Je visitai tous les villages, tous les bourgs environnans, mais je n'osai aller jusqu'à Caen. Un matin, il faisait un temps magnifique, j'étais monté de bonne heure à cheval avec Dervieux, nous fûmes jusqu'à Notre-Dame-de-Délivrance. Là est une chapelle élevée à Notre-Dame-de-bon-Secours où les marins prêts à partir, viennent faire leur prière; où à leur retour ils apportent leurs remercîmens et leurs offrandes. Des ex-voto, des bijoux, des fleurs sont chaque jour déposés par des épouses, des mères, des amantes: des petits cierges y brûlent constamment. Cette chapelle parfumée de fleurs et d'encens présentait à moi, qui ne connaissais rien du monde, quelque chose de tendre, de gracieux et d'enivrant. Mon âme remplie d'un vague sentiment y fut plus sensible encore. Jugez donc ce que je dus ressentir quand je vis à genoux devant moi une jeune femme habillée de blanc, ne laissant apercevoir que de jolis pieds, une taille fine et élégante. A côté d'elle était une autre femme, mais qui n'avait rien de remarquable.

J'étais en extase, Dervieux me proposa de partir, je m'y refusai, et me plaçai de manière à ne pas perdre de vue mon inconnue. Elle se tourna enfin, et je reconnus l'original du portrait que j'admirais depuis long-temps : c'étaient la sœur de Dervieux et sa mère. Nous fûmes présentés les uns aux autres ; on voulut me parler de reconnaissance, j'imposai doucement silence et nous fûmes nous promener au bord de la mer. La journée se passa pour moi dans un délire continuel : j'étais tellement occupé de mon bonheur que j'oubliai que sans nul doute mon père trouverait fort mauvais que je fusse absent si long-temps. La sœur de Dervieux était pleine de gaîté et de saillie, je reconnus bien de suite qu'elle n'avait aucune instruction, même qu'elle avait été élevée avec beaucoup de négligence. Mais j'avais dix-huit ans, j'entendais pour la première fois une séduisante voix de femme me parler du monde, de ses plaisirs, et je m'enivrai non d'amour mais d'un sentiment qui y ressemblait. Enfin quand je me séparai d'Henriette, j'avais la tête montée jusqu'à la folie : cette folie était même si prononcée que j'écoutai mon père sans terreur quand il me reprocha d'être resté dehors si long-temps ; mais ce qui me fit plus d'effet, ce fut sa défense de sortir désormais de la grille du parc. Alors je commençai avec Henriette une correspondance active et passionnée où je lui dis toutes les extravagances qu'inspire une première illusion à un jeune insensé qui entre dans la vie.

Cette correspondance durait depuis trois mois, et je changeais à vue d'œil, mon père ne daignait pas le remarquer. Il m'était facile pourtant de m'apercevoir qu'il surveillait mes actions avec beaucoup plus de sévérité et de soins. Je craignais même qu'il n'eût quelques soupçons contre Dervieux, et celui-ci partageant mon inquiétude je me décidai, quoiqu'avec bien de la peine, à ne pas écrire à Henriette de quelque temps et à redoubler de travail pour ramener la confiance de mon père.

CHAPITRE XXXII.

Découverte, Sévérité.

J'avais d'autant plus d'intérêt à ce que mon père n'eût aucun soupçon sur Dervieux, que je ne le considérais pas seulement comme un ami, mais comme un frère chéri, car j'étais résolu d'épouser Henriette aussitôt que j'aurais atteint l'époque de ma majorité. Mais que le tems me paraissait long à traîner jusque là, que de sermens j'adressais à l'image d'Henriette que j'avais obtenue de son frère à force de prières. Je relisais sans cesse les lettres qu'elle m'avait écrites, et lorsque je crus que les soupçons de mon père étaient détruits, je lui en adressai de nouvelles.

Mais c'était bien peu pour un amant aussi épris que cette correspondance telle tendre qu'elle fût. L'amour est plus exigeant à vingt ans, et à force de prières, de larmes, de promesses, j'obtins de Dervieux que nous tenterions de sortir la nuit pour voir sa sœur. Je crois que je me donnais bien inutilement de la peine pour obtenir ce qu'il brûlait de me voir demander. Mais enfin je crus avoir remporté une grande victoire sur sa délicatesse et sur celle de sa sœur. A des nuits convenues elle venait s'établir avec sa mère dans une obscure auberge du village de Baville qui était à une lieue environ du château de mon père; et nous sortions par une petite porte condamnée depuis long-temps et que nous avions trouvé le moyen d'ouvrir.

Ces sorties de nuit, le danger d'être découvert par mon père, ajoutaient encore à l'effervescence de ma passion, et elle devint si extravagante que je proposai à Henriette et à sa famille de nous expatrier, d'aller nous cacher dans quelque coin ignoré du monde. Mais ce n'était point le bonheur d'un amour obscur et se suffisant à lui-même qu'il fallait à Henriette. Je crois qu'elle m'aimait cependant un peu à cette époque à cause de moi, mais bien plus pourtant à cause de mon titre d'héritier du comte de Verneuil. Aussi, sous le prétexte de ne pas m'enlever à une belle position sociale, refusa-t-elle positivement le sacrifice que je lui offrais. Ce projet n'était pas d'ailleurs facile à exécuter; je n'avais aucune connaissance, aucun appui, et je n'aurais su comment faire si j'avais tenté de secouer la dure autorité de mon père. Aussi de projets en espérances, d'espérances en projets, plusieurs mois se passèrent, moi chaque moment plus amoureux et Henriette plus tendre; nos entrevues étaient devenues depuis quelque temps plus rapprochées; Henriette et sa mère s'étaient entièrement établies au village de Baville, et presque chaque nuit je m'échappais pour les aller rejoindre. Naturellement par suite de cette conduite nous dormions toute la matinée Dervieux et moi, et ne travaillions guère. Cette circonstance et surtout le peu de précautions que nous avions fini par prendre, nous perdirent. Et un matin, car le jour allait poindre, nous fîmes de vaines efforts pour ouvrir la porte que nous laissions seulement poussée à notre départ. Il nous restait cependant encore un espoir, ce pouvait être un domestique qui eût remarqué cette porte mal fermée, je pourrais peut-être acheter son silence, mais pour cela il fallait rentrer au château, c'est ce que nous fîmes en passant par les basses-cours au risque d'être vu, mais, hélas! arrivés à la porte de notre appartement il ne fut plus possible de s'abuser; la serrure était changée et la clé que nous avions emportée était inutile.

Il faudrait avoir connu M. de Verneuil et se faire une idée de la sévérité presque cruelle avec laquelle il me traitait, pour s'en faire une aussi de ce que je dus ressentir. Cependant comme je ne manquais ni de caractère ni de résolution, que j'étais électrisé par une passion puissante, j'eus beaucoup plus facilement pris mon parti que Dervieux, qui craignait non seulement de perdre sa place, mais encore la perspective de me voir un jour son beau-frère et de pouvoir disposer de ma fortune. Aussi eus-je toutes les peines du monde à le décider à paraître devant M. de Verneuil; il voulait fuir sans le revoir. Je lui observai que c'était le plus mauvais moyen, et je l'entraînai au salon où nous nous rendions habituellement pour attendre l'heure du déjeûner auquel mon père ne manquait presque jamais. Quand j'entendis son pas saccadé, quand je vis la porte s'ouvrir, le cœur faillit me manquer, mais je jettai les yeux sur le pauvre Dervieux pâle comme un linceuil, je repris du courage et je saluai respectueusement M. de Verneuil. Nous déjeûnâmes en silence comme de coutume, et vous devez penser que nous ne fîmes pas, Dervieux et moi, grand honneur au repas. Quand il fut terminé je sentis que le moment était arrivé de connaître mon sort, et je demandai avec assez de fermeté à mon père s'il jugeait à propos de me faire changer d'appartement.

— Oui, monsieur, me répondit-il, et même de domicile; passez dans mon cabinet. Vous, M. Dervieux, veuillez nous attendre, vous aurez bientôt votre tour.

Mon père s'assit près de son bureau, me fit signe de prendre un siége et me parla en ces termes :

— Vous avez un peu plus de dix-neuf ans, monsieur, et l'époque de votre majorité est encore éloignée. J'aurais cependant désiré veiller sur vous et vous garder dans ma maison jusqu'à cette époque, car je l'ai promis à votre mère mourante, mais comme il ne me convient pas de jouer le rôle d'un Cassandre et que je ne puis passer les nuits à veiller sur votre conduite, je trouve plus simple de vous prier de sortir de chez moi.

Je le regardai avec un sentiment d'effroi où peut-être se mêlait un peu de joie, car je ne me sentais pas tout-à-fait malheureux de cette liberté qu'il m'offrait. Cependant la froideur de mon père, le calme avec lequel il me chassait, cet isolement dans lequel il me repoussait, me firent mal, et j'essayai de me justifier.

— Ne mentez pas, monsieur, s'écria M. de Verneuil d'une voix tonnante, car vous portez mon nom, et je ne le souffrirai pas devant moi. Je sais tout, vous êtes le jouet de deux intrigantes et d'un sot que je ferais pourrir dans un cul de basse-fosse, si je n'avais horreur de toute mesure violente. Je pourrais encore, je le sais, le chasser et vous garder ici, mais ce serait entre nous une lutte continuelle qui me fatiguerait, et je ne vous porte pas assez d'intérêt pour m'y résoudre. Le bien de votre mère monte à deux cent mille livres, je vous en ferai la rente jusqu'à l'époque de votre majorité, à cet instant aussi je vous remettrai son écrin.

Voici le premier quartier de vos revenus, vous pouvez partir quand vous voudrez.

— Grand Dieu! m'écriai-je, pourriez-vous, mon père, m'abandonner ainsi, quel est mon crime; est-il impardonnable? daignez m'entendre, Henriette et sa mère ne méritent point...

— Mon Dieu! interrompit-il froidement, je sais tout ce que vous allez me dire. La femme que l'on aime possède toujours tous les charmes, toutes les vertus. Je veux bien le croire si cela vous plaît, car cela m'est parfaitement égal; mais je ne puis ni ne veux tourmenter ma vieillesse de toutes ces folies que vous trouvez superbes à votre âge. Finissons, partez ou restez; si vous prenez ce dernier parti décidez-vous à ne plus jamais vous occuper de cette femme ni à la revoir; mais n'essayez pas de me tromper ni de louvoyer, et écoutez bien toute la vérité : quand vous aurez mangé votre fortune, ce qui arrivera promptement avec les intrigans dont vous vous laisserez entourer, ne comptez nullement sur mon héritage car vous n'en aurez pas un sou.

— Eh quoi ! m'écriai-je, un père peut-il déshériter son fils, et qu'ai-je donc fait, monsieur, pour entendre une menace ainsi faite à l'avance; nn père....

— Cessons, interrompit-il avec fatigue ; dans le temps je justifierai ma conduite; j'ai dû vous dire tout cela pour guider la vôtre; je vous laisse deux heures pour vous décider.

A ces mots il me congédia d'un signe, me dit de faire entrer Dervieux à l'instant même, et ne le retint que quelques minutes.

— Que vous a-t-il dit, demandai-je à Dervieux quand il sortit du cabinet de mon père?

— Rien, il m'a payé mes appointemens échus, six mois de gratification, et m'a engagé à sortir à l'instant même de chez lui. Hélas! que va penser, que va ressentir, ma pauvre sœur, l'abandonnerez-vous?

— Jamais, m'écriai-je avec transport, jamais, je ne puis cependant quitter mon père ; j'espère le ramener un jour, et je vais écrire à Henriette pour la rassurer sur ma constance, lui dire que je compte sur la sienne.

Dervieux n'essaya point de changer ma résolution, mais il partit en espérant moins que moi de l'avenir. Mon père ne témoigna ni joie ni chagrin en voyant que j'étais demeuré près de lui. Hélas! s'il eût voulu me traiter avec plus de bonté, j'avais tant besoin d'un ami, que je me serais attaché à lui, j'aurais soigné sa vieillesse; et un peu de douceur, d'indulgence, m'eussent rendu raisonnable. Mais demeuré seul, sans amis, sans consolation, errant comme abandonné dans les grands corridors du château, entendant pour toute distraction le bruit de la mer en courroux ; que les journées, que les soirées surtout me semblaient longues. Je pensais à Henriette, je me demandais si elle m'aimait toujours, et je dois l'avouer, je regrettai bientôt de ne pas avoir été la rejoindre.

CHAPITRE XXXIII.

Deux ans de Folie.

Trois mois du plus triste hiver s'étaient écoulés, et je n'avais reçu aucune nouvelle d'Henriette. Il est vrai que la chose était bien difficile, car, sans avoir l'air de s'occuper de moi, je savais parfaitement que mon père me surveillait avec soin ; je sortais peu de mon appartement; je lisais beaucoup, je cherchais la patience et le courage dans nos auteurs philosophes. Mais je puisais dans les anciennes lettres d'Henriette un aliment à ma passion qui détruisait le bien que me faisait mes lectures.

Le printemps me permit enfin de faire quelque exercice, je revis le parc; je jetai plus d'un regard mélancolique sur la petite porte que j'avais franchie tant de fois pour aller rejoindre Henriette. Je pensais à cette émotion si vive et si puissante qui m'animait alors, et à laquelle avait succédé le découragement et l'ennui. Je me demandais si celle qui m'avait fait tant de sermens m'aimait encore. Elle était si vive, si charmante que plus d'un rival se serait, sans doute, empressé de lui plaire; car quelque fût ma jeunesse je n'avais pas le bonheur de croire à une éternelle constance.

Un matin je rêvais tristement quand un pauvre mendiant qui marchait contre une grille du parc dans un chemin plein de genets et de bruyères, me fit signe qu'il voulait me parler. Je m'approchai, me croyant bien seul, et je saisis avec transport une lettre que me présenta Dervieux, car c'était lui.

Henriette m'écrivait qu'elle n'avait pu se décider à quitter les environs, qu'elle m'aimait toujours, et voulait savoir si je la condamnerais à me regretter le reste de sa vie.

Vous devinez l'effet que dut produire une pareille lettre sur moi. Mon amour se réveilla avec plus d'ardeur que jamais, et ma solitude me parut insupportable.

Je répondis à Henriette en lui promettant de la rejoindre, et je n'attendis plus qu'une occasion favorable pour quitter mon père. J'était décidé. Eh bien, expliquera qui pourra cette bizarrerie; ma vie était insupportable, et je ne sais quel sentiment me retenait pour la changer. Je flottais ainsi, non incertain, mais ému a l'idée d'abandonner la maison paternelle, quand mon père reçut la visite d'un ancien ami, me dit son valet de chambre; car lui ne daigna pas me donner la moindre explication. M. Arnould, c'était son nom, était un jésuite d'un mérite distingué; il s'était séparé de mon père dont il avait été l'instituteur, pour aller faire l'éducation d'un jeune prince en pays étranger. Cette éducation était finie, il venait se fixer dans le château de M. de

Verneuil où il se montrait aussi maître et plus maître que lui. Son autorité avait même quelque chose de plus acerbe que celle de mon père. Il était du reste beaucoup moins silencieux, et son instruction était profonde.

Quand il eut causé quelques momens avec moi, il déclara que mes études étaient détestables, et qu'il fallait les recommencer. Je ne me sentis ni la force ni le courage de revenir à mon âge sur les premiers élémens d'une éducation aride et pédantesque, et je m'occupai aussitôt sérieusement de quitter mon père; mais n'osant l'en prévenir de vive voix je laissai une lettre sur ma table, et à l'aide d'une grosse corde que m'apporta Dervieux je franchis les murs du parc, et je rejoignis Henriette.

L'homme d'affaires de M. de Verneuil m'apporta le lendemain le premier quartier de mes revenus; mon père n'avais pas daigné y joindre un seul mot. Malgré le bonheur que me faisaient éprouver la présence d'Henriette et le plaisir d'être libre, je fus plus sensible qu'elle ne l'aurait voulu sans doute, à cette froideur; mais elle prit part à mon chagrin avec tant d'amour, que je ne m'occupai plus entièrement que d'elle ; elle s'ennuyait depuis assez long-temps dans un obscur village de Normandie, pour que je ne m'empressasse point de la conduire à Paris, où je désirais moi-même aller jouir des plaisirs de mon âge ; mais pour s'amuser à Paris il faut beaucoup d'argent, et celui que m'avait envoyé mon père ne pouvait long-temps faire face aux dépenses que nécessitaient quatre personnes ; car Dervieux prétendait ne pouvoir trouver d'emploi. Alors arriva le moment des expédiens, des emprunts ; je découvris bientôt des juifs qui, après s'être informés de la fortune de mon père et de celle particulière que je possédais, me prêtèrent assez facilement des sommes considérables. De ce moment nous nous jetâmes dans de ruineux plaisirs ; Henriette jusque là si modeste, voulut briller au premier rang des beautés du jour, et eut à chaque instant des caprices nouveaux, de ces caprices que les femmes improvisent pour notre tourment. J'éprouvais pour elle cet amour de tête qui rend fou, et pour la voir sourire je donnais à pleine mains ce que les usuriers me vendaient si cher ; puis c'étaient les besoins sans cesse renaissans de la mère et du fils, aussi je fus bientôt inscrit, à la tête de ces jeunes gens imbécilles que l'on dupe et que l'on trompe. Henriette se moqua de moi car je l'enrichissais, cependant je continuai à porter une chaîne avilissante. Je donnai dans toutes les erreurs, je connus tous les excès, et, il faut l'avouer, je perdis de cette extrême délicatesse dans laquelle j'avais été élevé. J'avais trop été sevré de plaisirs dans ma première jeunesse pour que je ne m'y livrasse pas alors avec excès; je ne connus bientôt plus aucun frein, et mes jours et mes nuits se passèrent dans la débauche. Je devins buveur, joueur, duelliste, je me battis pour une femme que je n'estimais pas, même que je n'aimais plus; car je lui donnais des rivales, mais je lui permettais de porter mon nom, je permettais que dans des fêtes scandaleuses, et à la porte de nos théâtres elle fit demander insolemment l'équipage de la comtesse de Verneuil.

Je lui avais signé une promesse de mariage que je devais remplir aussitôt que mon âge m'en donnerait le droit; elle espérait, sans doute, que mes deux cent mille livres iraient jusqu'à cette époque. Mais les intérêts énormes que me faisaient payer les juifs; mais nos dépenses extravagantes eurent bientôt mis fin à mes ressources, et deux années s'étaient écoulées, deux années où j'avais dégradé ma vie, où je m'étais préparé d'odieux remords, d'avilissans souvenirs.

Mes amis, continua Verneuil avec un profond chagrin, j'ai jusqu'à ce moment évité de parler du passé, car je sentais que je pourrais rougir devant vous, mais au moment de quitter la vie, j'ai dû avoir le courage de vous rendre compte des raisons qui me l'ont fait choisir si obscure, et qui m'ont engagé à y demeurer. Dieu merci! ma confession avance.

Aussitôt qu'Henriette sut que je ne possédais plus rien, puisque les juifs s'étaient emparés de ma fortune, et que mon père ne répondait à aucune de mes lettres, je la vis changer d'une manière remarquable ; jusque là elle avait mis un peu de ménagemens dans ses perfidies ; elle avait daigné m'abuser. Quant elle n'eut plus rien à attendre de moi, elle ne ménagea plus rien ; et une nuit que je rentrais d'une fête où j'avais laissé mes dernières ressources, je trouvai l'appartement que j'occupais avec elle entièrement démeublé et désert. Une lettre d'Henriette m'apprenait qu'elle et sa famille ne voulaient pas être plus long-temps une charge pour moi ; qu'elle allait essayer de se suffire à elle-même, et qu'un jour elle espérait me prouver sa tendresse et sa reconnaissance.

Quoique je n'aimasse plus cette femme ou plutôt que je ne l'eusse jamais aimé, l'isolement où elle me laissait, sa basse ingratitude déchirèrent mon cœur. C'était la première déception que j'éprouvais, elle ouvrait mon cœur à de dures vérités. Mais cette leçon précédait une longue suite de malheurs qui tous surgiraient de mes premières fautes.

Je passai le reste de la nuit à me promener dans ces appartemens déserts où tant de fois je m'étais livré à d'extravagantes folies, où j'avais dissipé une fortune qui pouvait m'assurer une existence honorable. J'en sortis au jour pour m'aller cacher dans une petite chambre modeste, car je ne possédais plus rien que quelques vêtemens que l'ingrate avait daigné me laisser. Je m'enfermai pour réfléchir au parti que j'allais prendre.

CHAPITRE XXXIV.

La Cour de Louis XV.

Quelles sont poignantes les réflexions que nous envoie le remord ! comme on se reproche, alors qu'on est désabusé, tout ce dont on riait la veille. Cependant je ne devais pas me borner à de vains regrets ; j'avais détruit mes espérances de fortune, mais j'avais un long avenir devant moi, et ce n'est pas dans la première jeunesse que les pertes d'argent préoccupent long-temps. Très heureusement aussi le chagrin que me causait ma séparation d'avec Henriette venait seulement de ce qu'il en coûte de rompre une habitude; et j'avoue franchement que je trouvais plus dur de me sentir dans une vilaine petite chambre privé de tous les agrémens de la vie, que de la nécessité de ne plus la voir. Mais enfin après avoir passé une fort triste journée, et m'être dit que je ne fermerais pas l'œil, je fus assez étonné de me réveiller le lendemain fort avant dans la matinée.

Je me mis aussitôt à réfléchir à ce que j'allais faire; mon premier soin fut de m'assurer de ce que je possédais d'argent, car mon estomac me criait avec insistance que je n'avais rien pris la veille, aussi je sortis pour aller faire un bon repas, et quand il fut payé je me trouvai possesseur d'un double louis d'or et d'un écu de six livres. Je passai à la visite de ma garde-robe; elle était plus élégante que solide. En arrangeant mes papiers je trouvai un petit paquet cacheté, sans doute échappé à la curiosité d'Henriette et de sa famille. Je me rappelai alors tout à coup que ce paquet m'avait été remis par le confesseur de madame de Verneuil, et qu'il m'avait fait jurer sur l'Évangile de ne l'ouvrir que quand j'aurais vingt et un ans accomplis ; c'était l'ordre de ma mère. Tant que j'avais vécu dans la solitude j'avais trop d'honneur pour ne pas le respecter, et depuis les dissipations m'avaient fait oublier et le paquet et ma promesse ; mais en le retrouvant dans un moment où ma position était bien changée, je le saisis presque avec terreur, il me semblait qu'il contenait un important secret, que ce secret allait changer mon sort.

Je fermai avec soin la porte de mon modeste réduit, et je brisai les deux cachets qui retenaient une enveloppe d'un papier jauni par le temps. Je découvris alors une boîte d'un bois précieux, fermée par un petit ressort en vermeil. Je le poussai, et je trouvai un médaillon enrichi de diamans qui encadraient le portrait d'un très bel homme. Il était vêtu d'un habit de soie violet, un large ruban bleu passait sur une veste de satin blanc brodée richement. Sa figure était belle et majestueuse, un sourire de bonté l'embellissait encore, et son nez aquilin y ajoutait beaucoup de dignité. Sous le médaillon je découvris une lettre soigneusement cachetée avec une empreinte ressemblante au portrait. La lettre portait pour simple suscription : *Au Roi Louis XV.* Je demeurai long-temps immobile, et ne me faisant aucune idée de ce que ce pouvait être. Pourtant il me sembla que cette image que me représentait le portrait ne m'était point inconnue, il me semblà l'avoir déjà vue. Mille pensées subites se croisèrent dans mon esprit ; et ne pouvant commander à mon agitation, je me pris à me promener de long en large dans ma petite chambre, les tours que j'y faisais ne pouvaient être longs, un beau jour l'éclairait, et donnait en plein sur un petit miroir qui réfléchissait à chaque instant ma figure. Je jetai un cri, je venais de reconnaître une ressemblance presque effrayante entre moi et le portrait. Mon double louis et ma pièce de six francs étaient sur la cheminée, tous les deux avaient la même effigie, et cette effigie ressemblait au portrait, et plus encore au cachet de la lettre.

Je n'en pouvais douter, le portrait que je

possédais était celui du roi, mais que signifiait ma ressemblance, je n'osais m'arrêter aux idées qu'elle faisait naître, et qu'expliquait pourtant peut-être la conduite de M. de Verneuil envers moi. Mais qu'allais-je faire, à quel parti allais-je m'arrêter? Je devais, je crois, remettre cette lettre au roi, au roi qui était.... Je n'osais prononcer ces mots, il me semblait que c'était une imprudence, et que j'offensais les cendres de ma mère. Je n'avais personne à qui demander conseil : pendant les deux ans qui venaient de s'écouler, j'avais eu des flatteurs, des parasites, mais pas un ami. Cependant je me résolus à essayer de me trouver sur le passage du roi, et de tenter de lui remettre la lettre à lui-même, et après l'avoir soigneusement cachée sur mon sein, ainsi que le portrait, je partis pour Versailles où était la cour.

Mais vainement me promenai-je sous les croisées du château, dans les cours, dans le parc, je voyais du monde partout; mais tout cela ne m'approchait pas du roi. Depuis trois jours j'étais à Versailles, et quelque économie que je misse dans ma dépense, je voyais ma pauvre bourse diminuer à vue d'œil. J'arpentais triste et découragé l'avenue de Paris, quand je vis venir plusieurs voitures escortées de gardes. Dans la première était un fort bel homme quoique déjà très âgé, tous les chapeaux se levèrent, quelques cris se firent entendre, je le reconnus, c'était le roi, c'était bien l'original de mon portrait. Dans l'autre voiture je remarquai une vieille dame et une beaucoup plus jeune, très belle et très parée. On nomma de tous côtés la favorite du roi, madame Dubarry et la maréchale de Mirepoix sa complaisante. J'entendis dire que le roi allait à Paris pour assister à la première réprésentation d'*Aline reine de Golconde*, pièce tirée d'un joli conte de M. de Boufflers, poëte marquis, fort protégé de la favorite. Je ne perdis pas un instant, et montant dans une *vinaigrette*, je me rendis aussitôt à Paris.

Le roi était descendu aux Tuileries pour se reposer un instant, il se rendit ensuite au spectacle où je le suivis mais sans pouvoir l'approcher. Cependant je ne me décourageai point, et le lendemain dès le point du jour, je retournai auprès des Tuileries où le roi avait passé la nuit.

Ma jeunesse, mon air d'impatience et de curiosité intéressèrent un des concierges attachés au château, et il me proposa avec obligeance de me faire placer dans une galerie où devait passer S. M. pour monter en voiture. J'attendis là plus de deux heures, agité, rempli d'espoir, impatient.

Enfin le roi parut : qu'il me parut noble et imposant! comme mon cœur battit à la fois de crainte et d'espérance. Le duc d'Aiguillon marchait à côté de S. M. qui lui parlait familièrement, j'avais l'air tellement ému que je lui inspirai sans doute quelques soupçons, car au mouvement de ma main que je mis précipitamment dans ma poitrine pour y chercher ma lettre, il cria : qu'on arrête ce jeune homme.

A l'instant même dix bras me saisirent, on froissa mes habits et mon linge, et on me retint comme un criminel. Malgré moi des larmes jaillirent de mes yeux, et la surprise arrêta ma voix. Mais enfin l'indignation me rendant de la force, je me dégageai et regardai fièrement le duc. Le roi qui avait pâli d'une manière remarquable, retrouva pourtant du courage, et voyant parfaitement d'ailleurs que je n'avais point d'armes, il me dit d'une voix douce :

— Que me voulez-vous, jeune homme ?

— Remettre une lettre à Votre Majesté, Sire.

M. d'Aiguillon tendit la main, je repris avec plus de force :

— A vous-même, Sire.

Et je gardai toujours ma lettre.

Le roi la prit enfin lui-même, fixa ses yeux sur moi avec attention, passant sa main sur son front comme pour y chercher un souvenir, puis s'approcha d'une fenêtre, décacheta la lettre, et l'eut bientôt lue, car elle était courte. Mais sans doute les paroles qu'elle renfermait lui firent impression, car il appela M. d'Aiguillon, lui parla bas. Celui-ci ordonna qu'on me fit monter dans une voiture de suite, et j'arrivai à Versailles en même temps que S. M. En descendant de voiture au château, on me fit entrer dans un salon qui précédait les petits appartemens du roi, et enfin je fus introduit près de lui. Je m'inclinai avec un profond respect devant S. M. Le roi me regarda avec une attention où on lisait un peu d'attendrissement, puis il me dit :

— Vous souvenez-vous de votre mère, jeune homme?

— Oui, sire, parfaitement.

— Et n'avez-vous rien de plus que cette lettre. Je lui présentai le médaillon, il le considera, hésita un peu je crois, à me le rendre, mais enfin s'y décida.

— Madame de Verneuil, reprit-il alors, a été attachée à la reine comme fille d'honneur, la reine l'aimait beaucoup; c'est ce souvenir que votre mère invoque pour vous recommander à moi. Rendez-vous digne, jeune homme, de la protection que je vous accorde. Demain vous recevrez un brevet de lieutenant aux gardes. Mais vous devez être riche, le comte de Verneuil possède une grande fortune; votre mère elle-même eu, je crois, une belle dot. Que sont devenus ses diamans?

Vous voyez que le roi avait une bonne mémoire.

— Sire, répondis-je avec embarras, M. de Verneuil vit encore, et a gardé les diamans de ma mère, et quand à sa dot, j'avoue, je confesse que....

— Que vous l'avez mangée, dit le roi assez

durement ; ainsi, monsieur, vous êtes ruiné, et vous ferez une assez triste figure dans les gardes.

Je me taisais, il réfléchit un moment, s'approcha d'une table, écrivit quelques lignes qu'il me donna : c'était un bon de mille écus. Ensuite il me fit signe de me retirer.

Comme il m'avait presque tendu la main, je la saisis avec empressement, et j'osai, en m'inclinant dessus, y déposer un baiser. Il ne la retira pas, mais quand je me relevai le roi n'était ni touché ni ému, mais seulement embarrassé.

Le lendemain je reçus mon brevet de lieutenant, une existence nouvelle commença pour moi. Quoiqu'on affectât de me surveiller avec assez de sévérité, on était pourtant rempli d'égards pour moi, et je n'avais que trop de liberté. Quelques années se passèrent ainsi dans une vie peu fertile en événemens. Je commis quelques fautes, et je connus quelques plaisirs où le cœur n'entre pour rien.

Un soir, à la suite d'un dîner de jeunes gens, on me proposa de me présenter chez une beauté à la mode, fameuse par son luxe et les folles dépenses où elle entraînait les jeunes gens les plus distingués. Ne possédant plus ni fraîcheur ni modestie, mais rieuse et déhontée, elle se présenta à moi croyant trouver une nouvelle dupe, nous nous reconnûmes; elle ne rougit pas, mais moi je sentis comme un regret, comme un éclair de chagrin, c'était Henriette, celle qui m'avait été si funeste.

FIN DU PREMIER VOLUME.

TABLE DES CHAPITRES

CONTENUS

DANS LE PREMIER VOLUME.

FIN.

www.ingramcontent.com/pod-product-compliance
Lightning Source LLC
Chambersburg PA
CBHW070259030726
47505CB00004B/859
9782019608378